FOLIO JUNIOR

Titre original : *Count Karlstein*

Publié initialement en Grande-Bretagne par Chatto and Windus, 1982

Philip Pullman

Le Comte Karlstein

Illustrations de Diana Bryan

Traduit de l'anglais
par Jean Esch

FOLIO JUNIOR/GALLIMARD JEUNESSE

Il y a fort longtemps, lorsque j'étais instituteur, j'avais pris l'habitude, chaque année, d'écrire et de mettre en scène une pièce de théâtre pour l'école. Quand j'étais moi-même enfant, j'adorais participer à cette activité et, maintenant que j'étais devenu adulte, j'avais bien l'intention de m'amuser au maximum, comme avant.

La première pièce que j'écrivis s'intitulait Jack le vengeur *et, bien des années plus tard, j'en ai fait un livre. Mais la première pièce transformée en roman était en fait la troisième que j'avais écrite, et il s'agit de celle-ci :* Le Comte Karlstein. *Ce que je trouvais formidable dans ces pièces, c'était que je pouvais y mettre tout ce que je voulais : des fantômes, de la comédie, des effets spéciaux et de la musique. Celle-ci était composée par un professeur nommé Rachel Dixon, qui plus tard s'est mis à écrire des livres aussi, et c'était une musique superbe. Dans* Le Comte Karlstein, *je voulais qu'il y ait concours de tir, alors nous en avons mis un. Je voulais également un cabinet de magie, avec toutes sortes de boutons, de compartiments secrets et de machins qui sortent en faisant du bruit quand vous tirez sur une ficelle, alors nous en avons fabriqué un. Je voulais deux policiers comiques qui finissaient par s'arrêter mutuellement. Je voulais que le diable chasseur surgisse au milieu des flammes, et nous avons fini par avoir tout cela.*

Tous les ans, nous construisions une scène temporaire dans le hall de l'école, avec des échafaudages tout autour et au-dessus pour accrocher des rideaux, des cordes, des poulies, des décors… Jamais je ne me suis autant amusé.

Mais cette entreprise n'aurait jamais fonctionné sans la participation des enfants. Et l'année du Comte Karlstein, *nous avions une troupe particulièrement talentueuse. Par exemple, je n'oublierai jamais cette démonstration de pur génie de la part de Ben Brandon qui jouait le docteur Cadaverezzi. A un moment donné, il devait tirer sur une ficelle pour que du Cabinet des merveilles s'envole un petit démon qui traverserait la scène à toute allure en bourdonnant. Lors de la dernière représentation, Ben tira sur la ficelle et… rien ne se produisit. Alors, avec une bonne dose d'audace, il fit face au public et dit : « Évidemment, c'est totalement invisible pour les idiots. »*

J'espère que Ben, et tous les autres élèves qui ont participé à mes pièces, y ont pris autant de plaisir que moi. Je suis ravi que Le Comte Karlstein, *réincarné sous forme de roman, soit de nouveau disponible, et j'espère que les voix qui racontent cette histoire sauront la faire revivre pour une nouvelle génération de lecteurs.*

Philip Pullman

Pour Jamie, une fois encore.

Vous retrouverez dans cette histoire...

Peter Kelmar

Hildi Kelmar

Miss
Charlotte

Miss
Lucy

Meister Haifisch

Frau Muller

Comte
Heinrich Karlstein

Frau Kelmar

Sergent Joseph Haupiff

Agent Bigaurnhau

Docteur
Cadaverezzi

Herr Plörnischer

Max Grindoff

Herr Woodenkopf

Eliza

Miss Augusta Davenport

Zamiel,
le Diable Chasseur

PREMIÈRE PARTIE

HILDI

Chapitre I

Accroupi devant le feu, Peter remua les braises et les étincelles s'élevèrent à toute vitesse, comme des diablotins sur les parois rocailleuses de l'enfer. Derrière lui, son ombre frémit et se déploya sur le mur et la moitié du plafond de notre petite chambre ; les interstices entre les lattes du plancher brillaient telles des rivières dorées dans l'obscurité.

– Écoute, dit-il. Zamiel !

Parcourue d'un délicieux frisson, je m'enveloppai dans mon édredon et m'allongeai sur le tapis, le visage plaqué au sol pour écouter les voix qui montaient de l'arrière-salle…

Nous vivions à l'auberge du village de Karlstein, avec notre mère, la propriétaire. C'était un endroit assez calme, même s'il y avait toujours un ou deux étrangers de passage, et la compagnie dans l'arrière-salle valait bien celle qu'on pouvait trouver partout ailleurs dans les montagnes, surtout les soirs d'hiver, quand les pipes rougeoyaient, que les verres étaient pleins et qu'il y avait une bonne histoire à raconter.

Peter et moi avions chacun nos préférées : des histoires de chasse pour lui, d'horreur pour moi. Les meilleures étaient celles qui mettaient en scène Zamiel, le prince des montagnes, le diable chasseur. Il y avait habituellement un marchandage dans ces histoires, une poursuite, une vengeance sanglante et une victime terrorisée qui courait dans la neige, pourchassée par la meute sauvage : d'énormes chiens de chasse aux mâchoires dégoulinantes de bave et aux yeux fiévreux, des chevaux noirs montés par des squelettes ricanants et, chevauchant en tête, le diable lui-même enveloppé de ténèbres impénétrables, le regard illuminé par un feu ardent. Notre mère elle-même (on l'avait vue à travers les lattes du plancher) s'interrompait dans son travail et appuyait ses coudes potelés sur le comptoir, les yeux écarquillés, pour écouter la toute dernière histoire.

Mais aucun de tous les clients rassemblés en bas n'avait approché Zamiel d'aussi près que Peter et moi et, de nous deux, c'était moi qui avais connu la plus grande proximité avec le démon : je me trouvais là, dans la pièce, quand il était venu chercher sa victime, et je n'oublierai jamais ce que je vis ce jour-là, dussé-je vivre jusqu'en l'an 1900 !

Tout débuta par un après-midi gris d'octobre. Nous étions en 1816 et je travaillais au château des Karlstein depuis presque un an. (Au fait, je m'appelle Hildi.) La neige tombait à gros flocons ; j'étais assise devant la fenêtre du salon, un paquet de vêtements à repriser sur les genoux. Derrière moi, Miss Lucy et Miss Charlotte faisaient griller des châtaignes dans la cheminée. Je regardais décliner la lumière du jour en songeant à fermer les rideaux pour repousser le froid, lorsque je vis une voiture à chevaux gravir avec peine la route étroite. Je l'observais, étonné, car nous n'avions pas reçu de visite depuis mars. Quand la voiture prit le virage pour entrer dans la cour du château, les roues dérapèrent sur la chaussée verglacée, le véhicule fit une embardée et glissa vers le précipice.

Les chevaux poussèrent des hennissements de terreur et le cocher faillit tomber de son siège, tandis que les freins hurlaient, sans parvenir à arrêter la voiture, qui heurta le porche de pierre et rebondit en laissant sur le pilier une large bande de peinture. Je me levai d'un bond en criant… Mais, au dernier moment, les roues mordirent le sol gelé et la voiture réussit à entrer dans la cour. Les filles me rejoignirent en courant, juste à temps pour voir le cocher descendre de son siège et s'appuyer contre la grosse roue arrière, tremblant comme une feuille. Il s'épongea le front avant d'ouvrir la portière.

Apparut alors, parfaitement calme, un vieil homme décharné, tout de noir vêtu, qui regarda le cocher avec l'air de dire : « Vous avez les nerfs fragiles ? Je vous conseille de les faire trancher et de les tresser pour en faire un fouet ; il n'y a rien de tel pour guider ces fainéants de canassons. » Il épousseta les flocons de neige qui avaient l'outrecuidance de se poser sur ses vieilles épaules osseuses et traversa la cour toute blanche, où l'obscurité commençait à s'accumuler dans les coins, comme poussée là par le vent. Johann, le valet de pied, ouvrit la porte du château, laissant filer une grande quantité de lumière qui s'empressa de retourner à l'intérieur, d'un bond, lorsqu'il la referma. Le cocher entreprit de dételer les chevaux, sans cesser de secouer la tête et en adressant de grands gestes au garçon d'écurie, pendant que les deux filles essayaient de deviner l'identité du visiteur.

Elles étaient anglaises et non pas suisses mais depuis le temps qu'elles vivaient ici, elles maîtrisaient si bien notre langue qu'elles pouvaient passer pour des filles de chez nous. Lucy avait douze ans et Charlotte dix ; moi-même, je n'étais pas beaucoup plus âgée, mais je m'estimais beaucoup plus chanceuse, car j'avais encore ma mère, et un frère. Pas un oncle sinistre comme le comte Karlstein. Les fillettes n'avaient pas d'autre famille et, leurs deux parents étant morts dans un naufrage, on ne leur avait guère laissé le choix : le comte Karlstein ou l'orphelinat. Mais, si elles avaient su qui était cet homme, elles auraient choisi l'orphelinat sans une seconde d'hésitation. Elles vivaient au château depuis un an maintenant, les pauvres petites.

Lui était dans le pays depuis neuf ans. Le vieux comte Ludwig Karlstein, l'ancien comte, étant mort sans laisser d'héritier, la propriété était revenue au comte Heinrich Karlstein, un homme maigre et taciturne, qui se rongeait les ongles, marmottait sans cesse dans sa barbe et lisait des ouvrages de philosophie allemande la nuit, dans son bureau aux murs de pierre tendus de tapisseries. Tout cela n'était pas si terrible, évidemment, mais il possédait d'autres défauts, comme un sale caractère que vous auriez réprimé sur-le-champ, dans son propre intérêt, s'il s'était agi d'un chien. Il avait une langue acérée et, pire que tout, la cruauté lui procurait un certain plaisir qui faisait briller son regard, qu'elle s'exerçât sur un cheval, un chien, un domestique, ou encore une petite nièce venue d'un autre pays, et qui n'avait nulle part où aller. Mais il était le maître.

Lucy venait de se rappeler qui était le visiteur.

– C'est l'avocat, Charlotte ! s'exclama-t-elle. Le vieux monsieur de Genève ! Celui qui nous a donné ce vin sucré très foncé et un morceau de gâteau pendant qu'on attendait oncle Heinrich...

– Meister Haifisch ! dit Charlotte.

– Oui, c'est ça. Peut-être qu'il vient nous rechercher... Tu crois que c'est possible, Hildi ?

– Oh, Hildi, va te renseigner ! Va écouter ce qu'ils disent ! S'il te plaît..., pria Charlotte.

– Je ne peux pas faire ça ! répondis-je. Ils me jetteraient dehors pour de bon, et ça nous avancerait à quoi ? Attendons, on verra bien. C'est ce qu'il y a de mieux à faire.

Lucy grimaça, mais elle savait que j'avais raison. D'ailleurs nous n'eûmes pas à attendre longtemps car, une minute plus tard environ, Frau Muller, la gouvernante (aussi revêche qu'une oie, avec la même manière de pencher son long cou vers vous quand elle était en colère), entra d'un air affairé.

– Miss Lucy et Miss Charlotte ! Allez vous débarbouiller et vous brosser les cheveux et descendez rejoindre votre oncle Heinrich dans dix minutes. Vous, Kelmar, posez ce raccommodage et allez servir au salon. Dettweiller est tombée dans la cour et s'est foulé la cheville, cette idiote. Vous la remplacerez.

Frau Muller emmena les fillettes. Je pris une bougie et m'empressai de descendre au salon. Pauvre petite Susi Dettweiller ; le comte Karlstein l'avait fait pleurer trois fois hier, et voilà qu'elle se blessait à la cheville ! Mon cœur battait la chamade lorsque j'entrai au salon, de crainte que ma maladresse attire l'attention du comte. J'avais peur qu'il se jette sur moi comme un tigre.

Mais quand j'ouvris la porte, il était en pleine conversation avec le vieil homme décharné, et celui-ci l'écoutait de manière si attentive qu'aucun des deux ne remarqua ma présence. Je ne savais pas ce que je devais faire aussi restai-je immobile dans l'ombre, trop nerveuse pour oser m'avancer, et j'écoutai ce qu'ils disaient.

– Bon sang, Haifisch ! s'écria le comte Karlstein (Haifisch ! Lucy avait donc raison : ce vieux squelette froid était effectivement l'avocat de Genève.) Vous n'êtes pas *certain* ? Au bout de neuf ans ! Combien de temps voulez-vous encore ? Un siècle vous suffirait-il ? Est-ce que vous pourriez enfin me dire : « Oui, comte Karlstein, nous avons établi qu'il n'y avait pas d'autre requérant… car s'il y en avait, ils seraient morts maintenant » ? Alors ?

Meister Haifisch ne paraissait nullement décontenancé, ni froissé par le ton du comte. Il était aussi calme que lorsqu'il était descendu de voiture après avoir frôlé la mort d'une épaisseur de roue.

– Vous m'avez demandé de m'en assurer, comte Karlstein, fit-il remarquer d'un ton neutre. Dans une affaire comme celle-ci, les certitudes sans preuves ne valent rien.

Le comte Karlstein renifla avec mépris.

– C'est vous, Haifisch, qui ne valez rien, si vous ne pouvez pas faire mieux que ça. Si vous voulez des preuves, pourquoi ne pas les fabriquer, hein ? Inventez-les !

L'avocat se leva. Il ne fit rien de plus, mais ce fut suffisant : le comte cessa de faire les cent pas et de se ronger les ongles, aussi soudainement que si un coup de feu venait de retentir. Meister Haifisch avait une présence qui captait l'attention. Tel un acteur, il savait donner du poids à chacun de ses gestes. Et les deux personnes qui composaient son public – une dans l'obscurité près de la porte, l'autre debout devant la cheminée, la mine renfrognée – étaient figées dans l'attente de ses prochaines paroles.

Elles furent très brèves :

– Bonne nuit, comte Karlstein, dit-il simplement, mais il y avait dans sa voix une telle dose de mépris que le diable lui-même aurait rougi de honte.

– Oh, asseyez-vous donc ! rugit le comte.

Il avait compris, pensai-je, que s'il avait l'intention de trafiquer la vérité, Meister Haifisch n'était pas homme à lui apporter une caution légale.

– Revenez vous asseoir. Je ne suis pas dans mon assiette, ne faites pas attention à moi. Veuillez reprendre, je vous prie...

Il se laissa tomber dans le fauteuil en chêne sculpté placé de l'autre côté de la cheminée, se pencha pour arracher un morceau d'écorce sur une des bûches qui étaient dans l'âtre et s'amusa à la déchiqueter avec lenteur pendant que Meister Haifisch parlait.

– Le fils unique du vieux comte Ludwig Karlstein a été enlevé dans son berceau il y a vingt ans. J'ai suivi sa trace jusqu'à Genève où, peu de temps après sa disparition, un enfant répondant au même signalement fut placé dans un foyer. Cet enfant, s'il s'agit bien de lui, a grandi et est devenu garçon d'écurie à *l'Auberge de l'Ours Noir*. Ensuite, il s'est engagé dans l'armée... A partir de là, plus de nouvelles. Son régiment a été mis en déroute à la bataille de Bodelheim ; peut-être a-t-il été fait prisonnier ou a-t-il été tué. Je vous le répète : on n'en sait pas plus.

Le comte Karlstein émit un grognement et se frappa la cuisse dans un geste d'agacement.

– Vous ne pouvez pas faire mieux ?

– Nul ne peut faire mieux, comte. Personne en Suisse ne connaît mieux que moi l'histoire de la succession Karlstein. Ce que je vous ai livré représente la limite des connaissances humaines sur ce sujet.

Y avait-il un soupçon de sarcasme dans sa voix ? Peut-être. Mais le comte Karlstein ne l'entendit pas. Levant la tête, il me découvrit soudain et se leva d'un bond en poussant un juron.

– Êtes-vous ici depuis longtemps, petite impudente ?

– Quelques secondes à peine, monsieur ! J'ai frappé à la porte, mais vous ne m'avez pas entendue.

Si l'avocat n'avait pas assisté à la scène, je pense que le comte m'aurait frappée. D'un ton impatient, il m'envoya chercher du vin et, quand je revins, je constatai que Meister Haifisch et lui avaient renoncé à toute discussion. Chacun à un bout de la pièce, ils examinaient les livres, les tableaux – ou l'obscurité neigeuse à travers la fenêtre.

Je leur servis le vin, puis les filles entrèrent. Meister Haifisch se pencha pour leur serrer la main ; quand il leur demanda comment elles allaient, une certaine chaleur apparut sur son visage. Cet homme paraissait aussi sec que la poussière, et pas plus sympathique qu'un encrier en argent mais, face à ces deux fillettes, il était aussi poli et attentif que s'il s'agissait de la duchesse de Savoie et de sa sœur jumelle. Épanouies, Lucy et Charlotte s'assirent avec lui sur le canapé, chacune d'un côté, et sirotèrent leur verre de vin en bavardant avec toute l'élégance du monde, pendant que leur oncle faisait le tour de la pièce en se rongeant les ongles, sans proférer un mot.

Enfin, Meister Haifisch se leva, s'inclina devant les deux fillettes et s'excusa, car il était temps de s'habiller pour le dîner. Pendant que je débarrassais les verres, le comte Karlstein revint se poster devant la cheminée et s'adressa aux deux fillettes :

– Lucy, Charlotte... Depuis combien de temps vivez-vous ici maintenant ? Un an, n'est-ce pas ?

– Presque, oncle Heinrich, répondit Lucy.

Le comte baissa les yeux. Soudain, il demanda :

– Cela vous plairait-il de partir en vacances ?

Les deux fillettes demeurèrent hébétées quelques instants, avant de hocher la tête avec vigueur

– Oh, oui, beaucoup ! dit Lucy.

– Nous partirons demain après-midi, dit le comte avec un grand sourire.

Il essayait visiblement de paraître sympathique.

– Mais attention ! Juste quelques jours.

– Si vous voulez ! s'exclama Charlotte, enthousiaste.

– Où va-t-on aller ? demanda Lucy.

– Dans mon pavillon de chasse.

Le visage des deux fillettes se figea, mais elles se ressaisirent aussitôt. Le comte ne remarqua rien.

– Ce sera un grand plaisir, oncle Heinrich, dit Lucy.

– Merci beaucoup, ajouta Charlotte en faisant un gros effort pour masquer sa déception.

– Bien, bien. Voilà qui est réglé, dit le comte.

Après les avoir renvoyées avec brusquerie, il s'assit à son bureau pour remplir quelques papiers. Je suivis les deux fillettes.

Aucune des deux n'aimait chasser, et si vous n'aimez pas chasser, à quoi bon aller dans un pavillon de chasse ? Niché au fond des bois, entouré de sapins, de loups, d'ours et de sangliers… Que feraient-elles là-bas, sinon avancer péniblement dans la neige épaisse pour regarder le comte Karlstein achever de pauvres cerfs qui se convulsaient sur le sol, victimes des balles de son fusil ? Que feraient-elles le soir, à part rester emmitouflées dans des fourrures devant le maigre feu et regarder le comte Karlstein se soûler avec son garde-chasse ? Jolies vacances en perspective !

Je pris alors conscience d'une chose qui me glaça le cœur. Nous étions mercredi ; tous trois devaient partir le lendemain, jeudi donc, et rester là-bas quelques jours, avait dit le comte... Cela signifiait que les fillettes seraient au pavillon de chasse le soir de la fête des Morts, le vendredi soir, la nuit même où, disait-on, Zamiel le diable chasseur chevauchait à travers les forêts, faisant fuir toutes les créatures vivantes devant lui. Après son passage, disait-on, on retrouvait des empreintes de sabots calcinées et des animaux morts de terreur...

Mais je ne pouvais pas dire ça à Charlotte et à Lucy. Il y a des choses dont il vaut mieux ne pas parler, de crainte de les rendre encore plus terribles. Alors, je me tus... pour le moment.

Chapitre 2

Une personne de ma connaissance aurait apprécié le pavillon de chasse du comte Karlstein : c'était mon frère, Peter. Agé maintenant de dix-huit ans, il était fin tireur, excellent chasseur et connaissait bien les forêts. Trop bien, peut-être, car il savait où se cachait le plus beau gibier... et il s'était fait arrêter pour braconnage. Braconnage ! A l'époque du vieux comte Ludwig, les autorités se seraient montrées plus indulgentes, mais les forêts étaient mieux gérées en ce temps-là et le gibier plus abondant. Quoi qu'il en soit, Peter se trouvait maintenant sous les verrous au poste de police et ma pauvre mère était folle d'inquiétude. Pas moi. Mon frère était un garçon joyeux et robuste ; quelques jours au pain et à l'eau ne lui feraient pas de mal. Le plus terrible, c'était qu'il ne pourrait pas participer au concours de tir auquel il se préparait depuis des années.

Il ne s'agissait pas d'un concours ordinaire. Tout d'abord, il n'avait pas lieu chaque année, ni même tous les cinq ans, mais seulement quand le garde forestier en chef prenait sa retraite. Et, bien évidemment, la récompense n'était pas ordinaire, elle non plus. Vous ne repartiez pas avec quelques pièces d'or, un diplôme et une médaille épinglée par le maire ; autant de choses que vous pouviez gagner en remportant n'importe lequel des concours de tir organisés dans les vallées. Non, ici le prix était le titre de garde forestier en chef, pas moins. Le vainqueur devenait responsable de toutes les choses vivantes de la forêt, qu'elles poussent dans le sol, courent dessus ou le survolent. Peter avait décidé de participer à ce concours, et voilà qu'il se retrouvait en prison ! L'occasion ne se représenterait pas avant des années et des années sans doute. Et notre pauvre mère se lamentait au Joyeux Chasseur, d'autant que l'auberge se remplissait d'hommes et de fusils venus de très loin.

Je suppliai Frau Muller de m'accorder une heure ou deux et me rendis au village pour lui donner un coup de main et qui trouvai-je, assis à la table de la cuisine, avec un grand sourire sur son visage idiot, ses longs doigts plongés dans une tourte au pigeon ? Mon braconnier de frère en personne !

– Peter ! Que fais-tu là ? Ils t'ont relâché ?

– Jamais de la vie, répondit-il en enfournant une autre poignée de tourte. Je me suis évadé !

– Quoi ?

– J'ai piqué la clé accrochée à la ceinture de l'agent Bigaurhnau et j'ai fichu le camp. Si tu avais vu la tête de maman !

Je pus m'en faire une idée lorsque celle-ci entra dans la cuisine avec des verres sales sur un plateau.

Jamais je n'avais vu quelqu'un d'aussi malheureux. La pauvre, elle était rongée par l'inquiétude et la nervosité, comme si tous les policiers de Suisse galopaient vers elle à cet instant, les moustaches frémissantes, prêts à l'arrêter et à la pendre comme complice. Et Peter continuait à s'empiffrer, affichant l'air ravi d'un chien qui vient d'apprendre un nouveau tour. Un gros lourdaud avec un sourire jusqu'aux oreilles !

Il ne comprenait absolument pas pourquoi nous étions si contrariées.

– Ils ne s'occuperont pas de moi, dit-il.

– C'est ce que tu crois, répliqua maman. Tu es un fugitif désormais ! Ta tête va être mise à prix. Ils vont placarder une affiche sur le mur du poste de police. Tu vas devenir un hors-la-loi, tu seras obligé de quitter le pays ! Si seulement tu avais attendu une semaine...

– Et loupé le concours ! lança-t-il. J'aurais dû rester enfermé comme un oiseau en cage à les écouter tirer ? Pas question ! J'ai décidé de m'enfuir et de tenter ma chance. Je vous le répète, ils auront trop à faire pour s'occuper de moi. Un célèbre criminel va arriver !

– Comment le sais-tu ? demandai-je.

Je n'avais qu'une heure devant moi et je chassai Peter de la table pour pouvoir étaler de la pâte.

– J'ai entendu ce que disait le sergent, expliqua-t-il. Ils ont reçu un message des autorités de Genève, et le sergent Haupiff a dû le lire à voix haute à l'agent Bigaurhnau. Il s'agit d'un gars nommé Brilliantini, un Italien. Il était emprisonné à Genève, mais il a réussi à s'enfuir et toutes les forces de police ont reçu ordre d'ouvrir l'œil.

– Il peut aller n'importe où, dit maman. Pourquoi penser qu'il va venir ici ? Oh, j'aurais préféré que tu restes dans ta cellule…

– Le sergent Haupiff est persuadé que ce type va venir à cause de tout l'argent qui circulera lors du concours de tir. Ce Brilliantini est un escroc, un arnaqueur. Le vieux sergent croit qu'il va l'arrêter et prendre du galon… et l'agent Bigaurhnau tremble de peur au cas où lui devrait l'arrêter…

Peter éclata de rire et je le frappai avec un torchon mouillé. Tout le monde connaissait ce rire ; si dans la salle les clients l'entendaient, la nouvelle se répandrait comme une traînée de poudre et mon frère retournerait en prison. Avec les menottes aux poignets cette fois, et une peine plus lourde.

– Que comptes-tu faire ? lui demandai-je. Tu ne peux pas rester ici.

– Bien sûr que si !

Maman ne pipa mot ; elle poussa un long soupir et ressortit de la cuisine.

– Non, impossible, dis-je. Ne sois pas bête. Maman se fait un sang d'encre à cause de toi. Où vas-tu te cacher ? Dans les écuries ? Dans la cave ? Tu ne tiendras pas en place. Tu colleras ta tête d'idiot au carreau pour dire bonjour à Rudi ou à Hansi et envoyer des baisers à Hannerl. Ensuite, tu voudras ton fusil pour t'entraîner, puis tu voudras sortir pour te dégourdir les jambes et, en revenant, tu auras oublié et tu passeras par la salle, tu t'arrêteras pour dire bonjour aux clients… Je te connais, Peter ! Tu es un irresponsable !

– Et toi, tu es une rombière, grommela-t-il. Tu es née vieille ! Rabat-joie !... Tu parles sans savoir. Tu veux que je te dise ce que je vais faire ? Je vais rester caché dans la cave sans rien faire pendant trois jours, à part nettoyer mon fusil et me concentrer sur la cible. Je ferai des exercices pour fortifier mes bras et les rendre encore plus solides. Je pense à ce concours depuis longtemps, Hildi. Je le gagnerai. Tu me prends pour un irresponsable, mais sache qu'il existe une partie de moi capable de se concentrer bien plus que tu l'imagines. Calme et froide, plus profonde qu'un lac... C'est avec elle que je tire. Quand je viserai la cible, je serai plus immobile qu'une montagne... Tu verras. Tu ne me connais pas, Hildi. Tu ne me connais du tout...

Oh, que si ! Je le connaissais bien, ce pauvre idiot. Mais j'étais impressionnée. Jamais il ne m'avait parlé de cette manière, avec un tel calme, un tel sérieux. Et je songeai : « Peut-être qu'il peut remporter le concours, si ça se trouve. » Mais pas question de le lui dire.

– Si tu as l'intention de te cacher dans la cave, tu ferais bien de descendre tout de suite. Mais si j'apprends par maman que tu as fait des histoires, je te promets que j'irai chercher moi-même le sergent Haupiff. Maman ne le fera pas, elle est trop faible. Mais moi, je n'hésiterai pas un seul instant, je te préviens.

– Bien, madame, répondit-il.

Il décrocha son fusil du mur et descendit l'escalier qui conduisait à la cave, tel un enfant de chœur se rendant à la messe.

Le temps de terminer ma pâte et de la rouler, je

devais déjà repartir. Avant de m'en aller, je répétai à maman les paroles de Peter, à voix basse, dans un coin de la salle pour n'être pas entendue.

– C'est un brave garçon, murmura-t-elle. Mais il ne peut pas participer au concours ! Il se fera arrêter dès qu'il montrera le bout de son nez... Oh, mon Dieu...

Elle allait se mettre à pleurer. Je l'embrassai rapidement et m'en allai. Un nouveau groupe de clients entra au même moment. De quoi l'occuper. Jamais je n'avais vu autant de monde au village.

Sur le chemin du retour, je m'arrêtai devant le poste de police car le sergent Haupiff était en train de clouer une affiche sur le mur et je ne pus m'empêcher de me demander s'ils offraient déjà une récompense pour la capture de Peter. Non. En revanche, cette affiche corroborait ce qu'il nous avait raconté dans la cuisine.

AVIS A LA POPULATION !
Tous les citoyens sont invités à se méfier
du célèbre escroc
LUIGI BRILLIANTINI
également connu sous les noms de
SAM LE REDOUTABLE, LE DÉMON DES DÉS
et aussi
PRINCE BEDONAILSI
ou LE MYSTIQUE INDIEN.
Ce malfaiteur habile s'est échappé
de la prison de Genève.
La police pense qu'il rôde dans les parages.
SOYEZ VIGILANTS !

Après avoir cloué son affiche, le sergent, un homme au visage rougeaud avec des moustaches rousses, recula pour juger de son aplomb… et mit le pied droit dans une bouse de vache. J'éclatai de rire : il me foudroya du regard comme si je l'avais placée là délibérément et m'ordonna de déguerpir au lieu de « commettre un délit d'intention sur la voie publique ». Il s'exprimait toujours de cette façon, avec des expressions issues du manuel de la police. Au moment où il se penchait pour ramasser un bout de bois afin de nettoyer sa chaussure, une charrette qui passait en brinquebalant projeta de la boue sur le bas de son pantalon et, alors qu'il se redressait en brandissant le poing pour houspiller le conducteur, accusé « d'utiliser un véhicule de manière susceptible de provoquer une atteinte à l'ordre public », la porte du poste de police s'ouvrit à la volée et l'agent Bigaurhnau sortit en courant.

C'était un homme fort maigre, au visage triste, avec des moustaches tombantes, un nez tombant et des épaules tombantes. Il était tellement nerveux qu'il ne tenait pas en place et ne cessait de sautiller d'un pied sur l'autre.

– Sergent ! Sergent ! Le prisonnier… le prisonnier…

– Quoi ? Quoi ? Ressaisissez-vous, agent Bigaurhnau. Et arrêtez de trembler comme de la gelée ! Que se passe-t-il avec le prisonnier ?

– Il est parti, sergent… Il a disparu…

Je décidai d'en faire autant et les laissai découvrir par eux-mêmes que Peter s'était échappé. J'étais d'ailleurs étonnée qu'ils ne s'en soient pas déjà aperçus.

Plus tard, de retour au château, je fis moi aussi une découverte qui me glaça le sang, comme du temps où j'écoutais les histoires du diable chasseur avec Peter, à travers les lattes du plancher…

Chapitre 3

Il était déjà tard, et Lucy et Charlotte étaient montées se coucher. Elles avaient pris l'habitude de lire des histoires de fantômes (*Les Mystères d'Udolpho, Zastrozzi, Matilda* – ou *L'Ermite de la forêt…*) jusqu'à ce que la flamme de la bougie s'éteigne dans le petit lac de cire fondue avec un grésillement et un mince filet de fumée noire, et que l'obscurité se répande dans la pièce comme une avalanche douce et silencieuse… En fait, elles s'amusaient à se faire peur. Ce soir, c'était au tour de *Rudolph ou le fantôme des falaises*. Après les avoir bordées, je les abandonnai à leurs horreurs pour gravir l'escalier en spirale qui conduisait au bureau du comte Karlstein. J'allais solliciter une faveur. Bien que navrée de manquer le concours de tir, je voulais lui demander la permission de les accompagner au pavillon de chasse, en tant que femme de chambre. Je savais que les deux fillettes se réjouiraient de ma présence et, assurément, le comte ne pouvait pas s'opposer à une requête aussi modeste.

Mais je n'entrai pas dans son bureau. Je ne frappai même pas à la porte car, en atteignant l'étroit palier (dont la fenêtre en ogive donnait sur le toit en plomb à pente raide ; la lune glissait dans un ciel sauvage balayé de rafales de vent), je l'entendis parler. Et le premier mot qui me parvint fut : « Zamiel... »

Un frisson glacé me transperça le cœur. Ce nom fit renaître en un instant toutes les terreurs, tous les frissons de mon enfance. L'entendre prononcé, non d'un ton faussement horrifié (Peter en faisant souvent un peu trop), mais sur le ton prosaïque de quelqu'un qui discute d'un contrat, loin de l'adoucir, le rendait encore plus inquiétant. J'éteignis la bougie entre mes doigts et me penchai vers la porte pour mieux entendre. Je sais, je n'aurais pas dû, mais je le fis quand même. Et grand bien m'en prit.

– Zamiel ? répéta une autre voix.

Une voix servile et mielleuse que je reconnus aussitôt : c'était celle de Herr Arturo Plörnischer, secrétaire du comte Karlstein et tuteur légal des filles. Une petite fouine obséquieuse et rampante qui passait sa langue sur ses lèvres en permanence, avec des mains moites et des cheveux pommadés qu'il peignait pendant une demi-heure chaque matin afin de ressembler à Napoléon.

– Ai-je bien entendu ce qu'a dit monsieur le comte ?

– Oui, Plörnischer. J'ai bien dit Zamiel. Le diable chasseur. Le prince des montagnes !

– Ah, fit Plörnischer. Hmmm...

– Écoutez-moi bien. Pour des raisons sur lesquelles

je ne m'étendrai pas maintenant, j'ai conclu un arrangement avec ce gentleman. Chaque année, le soir de la fête des Morts, il vient chasser dans ma forêt. Et il est libre de choisir ses proies… Mais, cette année, notre arrangement prend fin et je dois lui fournir… Vous m'écoutez, Plörnischer ? Vous suivez ?

– Comme un limier impatient de se mettre en chasse, monsieur !

– Cette année, reprit le comte Karlstein, je dois lui fournir une proie humaine…

Petit hoquet (mielleux) de la part de Plörnischer, petit hoquet (étouffé) de ma part. Je serrai à deux mains le bougeoir en étain et tendis l'oreille pour entendre la suite.

– Un être humain, précisa le comte. Ou deux. Corps et âmes. La question, poursuivit-il d'un ton brusque, et j'entendis une chaise racler le plancher et les lattes du vieux parquet grincer quand le comte s'assit, est de savoir qui sera la proie.

– Oui, bien sûr, question très délicate, je m'en doute, monsieur le comte. Qui sera la proie ? En effet ! Une tâche bien triste… choisir la bonne marchandise, proféra Plörnischer avec prudence.

Il ne savait pas trop ce que manigançait Karlstein et craignait de dire une bêtise.

– Certainement, Plörnischer. Mais en l'occurrence, la question ne se pose pas. Ce seront mes nièces. Il le faut.

– Suivit un long silence durant lequel j'imaginai Plörnischer appuyant son index sur son menton d'un air pénétré pour faire mine de réfléchir à cette idée ; pour ma part, je faillis m'évanouir sur le palier. Dieu sait que j'étais déjà transie de froid mais, soudain, c'était comme si quelque mécanisme astucieux en moi avait renversé un seau d'eau glacée qui cascadait dans mon dos. Malgré cela, je continuai à tendre l'oreille, car les deux hommes avaient repris leur discussion :

– … sans aucune difficulté, disait le comte. Le plus beau, c'est qu'il n'y aura pas de braconniers dans les parages. Ces fichus paysans sont tellement superstitieux qu'aucun d'eux n'osera mettre son sale nez verruqueux dehors le soir de la fête des Morts. De toute façon, il n'y aura personne dans la forêt ; ils seront tous descendus au village pour se soûler en attendant le concours de tir !

– Magnifique ! s'exclama le secrétaire et j'entendis à travers la porte une sorte de chuintement moite qui m'intrigua, jusqu'à ce que je comprenne que Plörnischer se frottait les mains. Tout à fait napoléonien, comte Karlstein !

– Zamiel fera son apparition au pavillon de chasse à minuit. Nous emmènerons les filles demain, Plörnischer, on y passera la nuit et on rentrera vendredi. On les laissera là-bas, endormies, la porte verrouillée. Cela n'empêchera pas Zamiel d'entrer, mais elles ne pourront sortir ! Sa Majesté des Ténèbres pourra les dévorer sur place ou bien s'amuser à les faire détaler dans les bois pendant un moment, comme bon lui semblera. Une chose est sûre : elles ne me manqueront pas.

– A moi non plus, monsieur le comte ! Ces deux petites pestes !

« Sale menteur obséquieux, pensai-je. Elles ne t'ont jamais embêté ! » Certes, elles débordaient de vitalité, surtout Lucy, mais quel mal y avait-il à cela, nom d'un chien ? Les offrir en cadeau, impuissantes et endormies, au diable chasseur, c'était un plan si maléfique que l'auteur de *Rudolph ou le fantôme des falaises* lui-même n'aurait pu le concevoir. Je restai immobile sur le palier, ébranlée, le cœur battant à tout rompre. Que faire maintenant ?...

Des bruits de pas ! La poignée de la porte qui tournait ! Je me plaquai contre le mur de pierre et retins mon souffle.

Le battant s'ouvrit, une lumière chaude se déversa sur le palier et la silhouette de fouine du secrétaire se dessina dans l'encadrement de la porte.

– N'ayez crainte, comte Karlstein ! dit-il en regardant derrière lui et en agitant la tête sur ses frêles épaules. J'obéirai à tous vos ordres !

– Évidemment, répondit le comte d'un ton neutre.

– Bonne nuit, monsieur ! Bonne nuit !

Plörnischer referma délicatement la porte avant de se retourner pour descendre l'escalier d'un pas léger et précipité, sur la pointe des pieds, comme un petit rat dans un ballet. Dieu soit loué ! Il passa sans me voir. Je restai immobile un long moment avant d'oser bouger, mais je dus m'y résoudre. Je tremblais tellement que je craignais de lâcher le bougeoir. Ce serait ma perte : je me retrouverais dans le pavillon de chasse moi aussi, ligotée et bâillonnée, les yeux écarquillés dans le noir, guettant les premiers gémissements lugubres des cors de chasse dans la nuit.

Je n'avais pas le choix : je devais tout dire aux fillettes. Elles devaient s'enfuir. Mais où pourraient-elles aller, pour l'amour du ciel ?

Je redescendis à tâtons, ne m'arrêtant que pour allumer ma bougie au petit feu qui brûlait dans le vestibule, avant de remonter dans l'aile ouest du château pour retrouver les deux visages concentrés sur leur livre relié.

Les filles ne dormaient pas encore. La mèche de leur bougie, à peine plus grande qu'un ongle, commençait à pencher, tel un soldat qui s'endort durant le défilé. Lucy l'éteignit immédiatement lorsque j'entrai avec la mienne, afin de l'économiser.

– Hildi, qu'est-ce qui se passe ? demanda Charlotte. On t'a entendue monter. On en est au moment où le fantôme surgit sur les remparts, et on croyait que…

Je la fis taire et elle s'interrompit, un peu interloquée : l'angoisse d'une personne réelle, c'était bien plus inquiétant qu'une horde de fantômes dans un livre.

– Qu'y a-t-il, Hildi ? demanda Lucy. Tu as l'air tourneboulée. Tu es allée voir Susi Dettweiller ? Sa blessure est grave ?

– Non, Miss Lucy, je ne l'ai pas vue. Mais vous devez m'écouter toutes les deux, sans m'interrompre, car c'est sérieux. Vous comprenez ?

Lucy se redressa dans le lit, mais Charlotte remonta l'édredon sous son menton et me regarda avec de grands yeux. Je leur répétai ce que je venais d'entendre. A mesure qu'elles m'écoutaient, elles semblaient rapetisser mais, surtout, elles paraissaient plus jeunes, plus innocentes.

– Vous allez devoir vous cacher, dis-je en conclusion. Seulement jusqu'à la fête des Morts. Ensuite, vous pourrez réapparaître, car le danger sera passé.

– Mais où va-t-on aller ? demanda Lucy.

« Oh, non, elle va se mettre à pleurer », pensai-je. Sa voix tremblait, ses lèvres aussi, et je la vis déglutir. Mais elle tint bon.

– Je crois que je connais un endroit, dis-je. C'est un peu loin d'ici, mais vous y serez à l'abri pour quelque temps.

C'est alors que Charlotte se redressa dans le lit.

– C'est comme dans *Emilia ou le calice empoisonné !* s'exclama-t-elle. Elle aussi, elle est obligée de s'enfuir, tu te souviens ? Ensuite, le chef des voleurs la capture et il l'attache à un poteau pour…

– Miss Charlotte, il faut partir sans tarder, dis-je. Enfilez tous vos vêtements les plus chauds. Couvrez-vous bien. Il fait si froid dehors que vous mourrez gelées sinon.

Lucy jaillit hors du lit et courut, frissonnante, vers la grande armoire en chêne. Au passage elle s'arrêta en chemin pour ouvrir les lourds rideaux qui masquaient la fenêtre. La chambre donnait sur l'à-pic qui plongeait vers la vallée et sur les montagnes en face. Ce décor sauvage, bien que je le connaisse depuis toujours, me parut soudain brutal et terrifiant : c'était plus que je ne pouvais en supporter. Lucy se tourna vers moi et je vis dans ses yeux qu'elle ressentait la même chose que moi. Pour Charlotte, tout cela ressemblait presque à un jeu. Mais pas pour Lucy.

Après avoir dégluti encore une fois, elle commença à s'habiller. Charlotte se leva à son tour et imita sa sœur en frissonnant et en sautillant sur le plancher balayé par les courants d'air. Les deux fillettes s'emmitouflèrent de fourrures, de couvertures, d'écharpes et de capuches, à tel point que j'en vins à me demander si elles pourraient passer par la porte. De mon côté, je remplis un sac avec leurs affaires de rechange.

– Où on va, Hildi ? demanda Lucy.

– On va au village ? demanda Charlotte. On peut aller à l'auberge de ta mère ? Tu crois qu'elle nous cacherait ?

Elles aimaient beaucoup maman. Celle-ci s'était occupée d'elles un jour ou deux lors de leur arrivée, un an plus tôt, avant que le comte Karlstein engage Frau Muller pour prendre en main le château. Elles avaient été si heureuses de trouver enfin une personne chaleureuse après avoir voyagé pendant plusieurs jours dans un pays inconnu, au milieu d'étrangers lugubres qui ne parlaient pas leur langue, qu'elles avaient pleuré comme des fontaines quand maman avait dû retourner au Joyeux Chasseur. Mais pas question de les conduire à l'auberge car celle-ci était pleine, et ce serait sans doute le premier endroit où on les chercherait. Et puis, Peter risquait d'être découvert. J'expliquai aux filles ce qu'il avait fait.

– C'est un fugitif ! s'exclama Lucy. Un hors-la-loi. Nous ne le trahirons pas, sois tranquille, Hildi. On sait ce que c'est que de tenter d'échapper à un destin cruel…

Je la fis taire et aidai Charlotte, dont les yeux étaient ronds comme des soucoupes, à boutonner son manteau.

– Il ne faut pas faire de bruit, vous m'entendez ? Le comte ne dort pas et je parie que Herr Plörnischer rôde quelque part. On va quitter le château par les écuries et descendre la pente rocailleuse derrière le mur d'enceinte jusqu'à ce qu'on tombe sur la route tout en bas. Mais pas un mot !

C'est seulement lorsque nous fûmes dehors, dans le froid mordant, tandis que le vent cherchait à s'engouffrer par le moindre interstice de mon manteau élimé et rabattait mes cheveux devant mes yeux, que je pensai : « Et *moi*, que vais-je faire ? Vais-je m'enfuir avec elles ou bien revenir au château en faisant comme si je n'étais au courant de rien ? »

Après avoir suivi la route un certain temps, nous arrivâmes à une bifurcation à la sortie d'un virage. L'une des voies conduisait au village, à une bonne demi-heure de marche, avec des fenêtres éclairées sur le chemin, des chansons qui s'échappaient de l'auberge et l'église qui semblait somnoler sous un édredon de neige. L'autre voie longeait le flanc de la vallée jusqu'à un col où, à cette époque de l'année, la neige était trop épaisse pour les voyageurs. J'hésitai quelques secondes devant l'embranchement, car le village paraissait bien plus accueillant, puis la lune surgit de derrière un nuage en forme de requin, et illumina et révéla l'aspect sauvage du paysage rocailleux. Je tournai alors le dos au village, car le clair de lune me permettait d'entr'apercevoir l'endroit où je voulais aller.

Sur notre droite, au sommet de la pente, au milieu des arbres, une petite cascade gelée brillait dans la nuit. Un peu plus loin, derrière, je savais qu'il y avait une grotte. « La grotte de l'Ermite » comme on l'appelait : il y avait des années de cela, un pauvre homme avait vécu là, un fou inoffensif qui parlait tout seul du matin au soir, convaincu d'être un ours savant qui, par amour pour la Vierge Marie, avait renoncé à distraire les gens afin de prier pour eux. Mais il avait toujours besoin de recevoir des ordres, comme un ours, alors il disait : « C'est bien, Bruno. A genoux maintenant. Allez, prie. Oui, c'est bien, tu es un brave ours... Plie tes pattes... ferme les yeux... C'est bien, tu es gentil... Lève-toi... » Parfois, on lui apportait des cakes au miel qu'il mangeait pour se récompenser d'avoir bien prié, et puis, de sa démarche traînante de vieil ours, il s'avançait et se laissait tomber à genoux près de nous, nous léchait les mains doucement et s'ordonnait de prier pour notre âme... Les êtres les plus doux au monde sont ceux qui n'en font pas totalement partie. Je me disais : « Le vieux Bruno veillera sur nous. » Je parle de son esprit, évidemment, car il était mort quand j'avais sept ans.

– Par ici, indiquai-je.

Nous empruntâmes le chemin du haut.

A l'endroit où il croisait le ruisseau, nous le quittâmes pour longer le cours d'eau tumultueux à travers les buissons de ronces, les éboulis et les fourrés, les trous remplis de neige fondue, sans cesser de grimper, jusqu'aux abords de la cascade. Là, nous ôtâmes nos chaussures (trempées de toute façon) et nos bas, et nous avançâmes timidement dans l'eau noire. Elle ne montait pas plus haut que nos genoux et Charlotte aurait pu, en s'allongeant, poser la tête sur une rive et les pieds sur l'autre, mais les pierres de son lit étaient blessantes et l'eau plus que glacée : d'un froid mortel. Nous traversâmes tant bien que mal le ruisseau, en tenant nos chaussures et nos bas dans nos mains ankylosées et tremblantes, jusqu'à ce que nos pieds demandent grâce, et nous bondîmes hors de l'eau en pleurant de douleur. Nous dûmes nous frictionner vigoureusement sur les jambes pour rétablir la circulation du sang et pouvoir repartir.

– Comme ça, les chiens ne pourront pas nous suivre à la trace, dit Lucy avec satisfaction.

Du moins, c'était ce qu'elle voulait dire, car elle claquait si fort des dents qu'on aurait pu croire qu'elle parlait turc.

Arrivées au pied de la cascade, nous tressaillîmes. Non pas à cause du froid (nous avions franchi ce stade), mais d'émerveillement. Une épaisse couche de pointes blanches acérées scintillait dans l'éclat de la lune, toutes ornées d'un million de minuscules étoiles de givre taillées comme des diamants. Et en dessous, quelque part, le ruisseau continuait de gronder d'une voix faible, tel un enfant qui ronchonne à l'heure d'aller au lit. Éclairé par la lune, le monde paraissait aussi beau que menaçant ; le ciel était débarrassé de ses nuages effilés et voraces et semblait presque serein.

– On y est presque, dis-je pour les encourager.

Le sentier conduisant à la grotte de Bruno était envahi par la végétation et j'eus du mal à le localiser tout d'abord. Mais je finis par le retrouver et, cinq minutes plus tard, nous approchions de la clairière en bavardant joyeusement, car nous allions bientôt pouvoir nous réchauffer. Quand soudain…

– Chut ! fit Lucy en levant la main.

Nous nous arrêtâmes.

– Qu'y a-t-il ? murmura Charlotte.

Je tournai la tête car, moi aussi, j'avais entendu quelque chose. Un bruit provenant de la grotte.

Le bruit caractéristique d'un ronflement puissant et sonore. Un ronflement d'homme. Nous arrivions trop tard, l'abri était déjà occupé. Lucy posa sur moi un regard effrayé.

– Qu'est-ce qu'on va faire ? chuchota-t-elle.

Je n'eus pas besoin de répondre car, au moment où elle disait cela, le ronfleur émit un grognement et son ronflement cessa.

Une voix jaillit alors de la grotte :

– Qui est là ?

Chapitre 4

Nous étions trop effrayées pour trembler. La main de Charlotte serrait la mienne comme si elle était figée par le gel et dans mon esprit chevauchaient des hordes de brigands, de voleurs, de hors-la-loi et d'assassins aux regards fiévreux, armés de couteaux et de pistolets. Nous étions pétrifiées.

Au bout d'un moment, quelque chose remua à l'intérieur de la grotte, des feuilles mortes peut-être, et une autre voix résonna :

– Qu'est-ce qui te prend, idiot ? demanda un homme d'une voix forte et claire comme celle des acteurs, une voix expressive avec un soupçon d'ironie. Ce sont les puces qui t'embêtent ? Pour se débarrasser des puces, mon cher Max, il suffit de les pincer entre tes ongles. Elles expirent en silence. Tu n'es pas obligé de leur faire des discours ni de les apostropher comme une sentinelle !

– J'ai entendu une voix, docteur, répondit le premier homme. Il y a quelqu'un qui rôde dehors.

– Balivernes ! Je suis réveillé depuis des heures,

occupé à méditer sur mon destin, et je n'ai rien entendu, si ce n'est tes ronflements mélodieux semblables au son du trombone. Tu rêvais aux applaudissements, aux acclamations du public, aux demandes de bis qui suivront notre représentation de demain. Rendors-toi, Max. Continue de ronfler.

– Oui, vous avez peut-être raison, docteur. Mais j'ai entendu quelque chose, j'en suis sûr...

Le silence retomba. Puis, comme prévu, les ronflements reprirent. Rassurées, nous quittâmes la clairière sur la pointe des pieds et redescendîmes jusqu'à la cascade en suivant le chemin. Là, nous nous assîmes sur une grosse pierre fort commode (bien que glacée) et nous parlâmes à voix basse :

– Qu'est-ce qu'on fait maintenant ? demanda Lucy.

– C'était qui ? demanda Charlotte.

– Comment veux-tu qu'Hildi sache qui c'était, idiote ? répondit Lucy. Ce sont des voleurs, de toute évidence.

– Un des deux hommes a parlé d'une représentation, souligna Charlotte. C'est peut-être des comédiens ! Ils ne nous feront pas de mal ! Peut-être même qu'ils nous accueilleront dans leur grotte !

C'était ce que je me disais, moi aussi. Mais on ne sait jamais. Les comédiens, les saltimbanques et les artistes itinérants sont des individus retors. Avec eux, c'est charme et maquillage. Nous en avions reçu beaucoup au Joyeux Chasseur : parfois, ils nous payaient avec des pièces dont l'or s'effaçait dès que leur caravane avait pris le large, et nous découvrions que nos beaux draps en lin avaient été changés, par quelque tour de magie, en vulgaires draps de coton, déchirés et rêches, en l'espace d'une seule nuit. Alors, non. Ces deux hommes dans la grotte paraissaient inoffensifs, mais je ne leur faisais pas confiance malgré tout.

– Il va falloir se rabattre sur le refuge des guides de montagne, Miss Lucy, dis-je. Encore une heure de marche... Mais c'est un endroit plus sûr, car plus en altitude, comme...

– Encore une heure ! s'exclama Charlotte avec effroi.

Effectivement, elle semblait tomber de fatigue. L'excitation s'était envolée et je crois bien que, à cet instant, elle aurait pris le risque d'affronter le diable chasseur en personne en échange d'un lit douillet.

– Il faut continuer, dis-je d'un ton un peu sec. N'oubliez pas que je dois retourner au château demain matin et faire comme si je ne savais rien de votre disparition. Vous pourrez rester couchées et somnoler toute la journée si vous le souhaitez. Venez, il se fait tard.

J'aidai Charlotte à se lever et nous reprîmes toutes trois l'ascension de la pente abrupte, au milieu des fourrés et des buissons enchevêtrés, le long du ruisseau, jusqu'au flanc dénudé de la colline, plus haut. Nous ne parlions pas ; non parce que le silence s'imposait en ce lieu, mais parce que nous n'avions plus assez de souffle pour formuler la moindre parole.

Enfin nous arrivâmes au refuge, ouvert comme toujours, et abritant un petit tas de bois sec (malheureusement inutile, car nous n'avions pas de briquet à amadou), des matelas de paille et des lits en bois prêts à accueillir le pauvre voyageur qui se retrouvait coincé là-haut par la neige. Lucy poussa une petite exclamation de joie en constatant la propreté de l'endroit, mais Charlotte, épuisée, ne dit rien. Je l'allongeai sur un des lits, lui ôtai ses chaussures et ses bas (encore trempés après la traversée du ruisseau glacé), lui frictionnai les jambes et lui enfilai des bas propres avant de la recouvrir avec l'un des autres matelas. Elle ressemblait ainsi à une petite montagne de paille qui bruissait doucement. Mais elle s'en moquait bien, car elle dormait déjà. Moins d'une minute plus tard, Lucy en faisait autant, et je ne tardai pas à les imiter, en me demandant avec une certaine angoisse, alors que mes yeux se fermaient, combien de précieuses minutes s'envoleraient avant que l'aube me réveille.

Pas plus de cinq, me sembla-t-il. Il faisait encore nuit, mais il flottait dans l'air cette agitation confuse, cette impatience, qui annoncent le lever du jour, et un oiseau fanfaron gazouillait avec autorité au-dehors. Je restai immobile un instant. Mais soudain, le bruit du ruisseau et les respirations des deux fillettes finirent de me réveiller en sursaut, comme si quelqu'un avait frappé dans ses mains. Je me redressai. Quelle heure était-il ? Réussirais-je à regagner le château avant que tout le monde soit debout ?

Je me levai, mis mes chaussures, m'enveloppai dans mon fin manteau pour tenter de repousser l'air glacé et secouai doucement l'épaule de Lucy.

– Miss Lucy ! Miss Lucy ! Je dois m'en aller ! Je dois retourner au château. Mais je reviendrai... si je le peux.

– Oh, il le faut, Hildi...

Elle était réveillée, mais bâillait encore et se frottait les yeux. L'inquiétude se lisait sur son petit visage pâle.

– Tu dois revenir... On ne saura pas quoi faire sans toi...

– J'essaierai, murmurai-je pour ne pas réveiller Charlotte, qui remua et remonta sur ses épaules le matelas de paille. Je ferai tout mon possible, c'est promis !

Mais avec Frau Muller qui me menait à la baguette, ce ne serait pas facile de s'échapper. C'est alors qu'une idée me vint.

– Si je ne peux pas venir, j'enverrai quelqu'un d'autre avec de la nourriture et un briquet... D'accord ?

– Comment on saura qui est cette personne ? Ça pourrait être un piège, dit Lucy en faisant un effort pour se redresser. Il nous faut un mot de passe !

– Très bien. Trouvons-en un très vite, je dois partir.

– Laisse-moi réfléchir...

Elle agita les mains, puis les plaqua sur sa bouche, tandis que ses yeux encore gonflés de sommeil s'écarquillaient sous l'effort qu'elle faisait pour réfléchir. Et soudain, elle s'exclama :

– Cheltenham !

Je n'avais jamais entendu ce mot et je le répétai plusieurs fois pour ne pas l'oublier.

– Ça veut dire quoi ? demandai-je.

Elle m'expliqua que c'était le nom d'un endroit en Angleterre où Charlotte et elle étaient allées à l'école, dans un pensionnat pour filles. Je lui promis que je n'oublierais pas le mot de passe et que quelqu'un – moi ou une autre personne (même si je ne voyais pas très bien qui, à moins que je ne puisse persuader Peter de sortir de sa cave) – monterait au refuge avec de quoi boire, manger et allumer un feu. Lucy hocha la tête, se recroquevilla sous la paille et se rendormit en un instant.

Le ciel s'éclaircissait rapidement. Il fallait que je me dépêche si je voulais arriver au château avant que quelqu'un remarque mon absence. Je dévalai la montagne, traversai la forêt en jouant des coudes et parcourus le chemin ventre à terre, aussi vite que si Zamiel en personne était à mes trousses. J'arrivai (en passant par les écuries, comme au départ, provoquant la nervosité des chevaux surpris par l'intrusion de cette silhouette trempée, tremblante et essoufflée qui avançait parmi eux sur la pointe des pieds, tout en jetant un coup d'œil prudent dans la cour) juste au moment où la cloche de la tour sonnait six heures. Cela ne pouvait pas tomber mieux : c'était l'heure à laquelle je me réveillais habituellement.

Cinq minutes environ pour monter dans ma chambre sous les tuiles disjointes du toit, me changer et redescendre précipitamment dans la cuisine pour attaquer mes tâches. Mettre des bûches dans la cheminée, aller chercher de l'eau au puits, actionner le soufflet jusqu'à ce que les bûches s'embrasent, emporter une pelletée de braises rougeoyantes dans le salon de Frau Muller pour allumer son feu, faire de même avec la cheminée du hall, retourner faire bouillir de l'eau dans la cuisine pour le café de Frau Muller (qu'elle buvait avant tout le reste de la maisonnée), préparer un plateau pour le café du comte, sortir les couverts pour le petit-déjeuner du personnel (c'était vite fait, vu qu'il n'y avait que du porridge, insipide qui plus est, car Frau Muller prenait son petit-déjeuner avec nous et veillait à ce qu'on ne consomme pas trop de crème ni de sucre) et enfin dresser la table pour celui de la famille.

Entre-temps, les autres domestiques s'étaient levés et s'affairaient. Frau Wenzel remuait le porridge dans la cuisine, pendant que Frau Muller sirotait son café en étudiant les menus du jour et la liste des tâches à accomplir. A présent, je devais apprendre à jouer la comédie car, en temps normal, je devais ensuite aller réveiller les fillettes.

Je secouai les lits vides et ouvris les rideaux.

– Miss Lucy ! Miss Charlotte ! lançai-je, mais pas trop fort.

Aucune réponse, évidemment. J'attendis un moment, puis je les appelai de nouveau en haussant la voix. Je regardai sous le lit, dans l'armoire, dans la salle de bains, dans le couloir, dans les pièces voisines, inoccupées et poussiéreuses. Je les appelai encore une fois, en laissant percer dans ma voix (avec beaucoup de talent) une note d'inquiétude.

– Miss Lucy ! Miss Charlotte ! Où êtes-vous ?

« Et maintenant, face au public ! » pensai-je. Je dévalai l'escalier.

– Frau Muller ! Miss Lucy et Miss Charlotte… elles ne sont plus là !

– Comment ? Que voulez-vous dire, ma petite ?

– Elles ne sont plus en haut, dans leurs lits… Je ne les ai pas trouvées…

Et ainsi de suite. Moins de dix minutes plus tard, tous les domestiques du château étaient à la recherche des fillettes et Herr Plörnischer filait avertir le comte. Je n'aurais pas aimé être à sa place. Je me joignis aux autres pour inspecter les pièces du dernier étage, les greniers, les caves, les écuries… en appelant Lucy et Charlotte dans chaque couloir, chaque escalier, simulant la panique. Tant qu'on les cherchait à l'intérieur du château, elles étaient à l'abri, évidemment. Mais lorsque les recherches s'étendraient au-delà de la propriété, elles seraient en danger. Je pouvais peut-être retarder cet instant.

– Monsieur le comte…, dis-je alors que celui-ci se rongeait les ongles de la main droite et tenait dans la main gauche une grande tasse de café allongé avec du brandy.

Debout dans le vestibule, il lançait des ordres à tous les domestiques qui passaient et, à chaque instant, la fureur déformait de plus en plus son visage.

– Monsieur le comte, repris-je, je crois savoir où elles ont pu aller…

– Hein ? Où ça ? Parle donc, petite idiote !

Avec nervosité, j'esquissai une révérence et répondis :

– Elles ont sans doute traversé le village et, ensuite, elles ont cherché à se rendre dans la vallée de la Schelkhorn.

– Pourquoi faire ? Et comment le sais-tu ? Es-tu de mèche avec elles ?

– Oh, non, monsieur le comte ! Mais l'autre jour, elles parlaient de la rivière, et disaient qu'elles aimeraient la suivre jusqu'au lac. Peut-être qu'elles y sont allées pour s'amuser et qu'elles se sont perdues. Il y avait des gitans dans ce coin-là hier…

Les gitans ! On les accusait de tous les maux, de la disparition du petit héritier, vingt ans plus tôt, à celle-ci. Évidemment, aucun gitan n'avait été vu dans le pays la veille, mais ce mensonge l'enverrait peut-être sur une fausse piste – pendant un moment.

Le comte me foudroya du regard et, l'espace d'un instant, je crus qu'il allait me frapper. Il serrait les poings et la tasse de café tremblait, à tel point que quelques gouttes du breuvage amer tombèrent en grésillant dans les cendres chaudes de la cheminée devant laquelle il se tenait. Il se retourna brusquement et aboya :

– Lentz ! Schaffner !

Il s'agissait de Johann, le valet de pied, et d'Adolphus le palefrenier. Tous deux accoururent et le comte leur ordonna de descendre au village avec des armes et de se diriger vers la vallée de la Schelkhorn.

– Cette fille vous accompagnera, dit-il. Si elle vous ralentit, abandonnez-la. Je veux récupérer ces deux gamines aujourd'hui même, vous entendez ?

Sur ce, il fit prestement demi-tour et partit donner des ordres aux autres domestiques : les chasseurs, le vieux jardinier, le maître-chien, le cocher… tous ceux qu'il pouvait trouver, pendant que j'enfilais mon vieux manteau élimé, encore mouillé après mon expédition nocturne, et courais pour rattraper Johann et Adolphus qui descendaient le chemin à grands pas.

C'était une belle matinée ensoleillée et les deux hommes étaient ravis de participer à cette chasse. Je leur expliquai où ils devaient chercher et ils suivirent mes conseils sans protester. De même, ils acceptèrent volontiers de me laisser au village. Je les abandonnai donc en arrivant au pont et, pendant qu'ils poursuivaient leur route en sifflotant, je me précipitai au Joyeux Chasseur. Avant même d'entrer dans l'auberge, j'entendis un incroyable vacarme à l'intérieur. Arrêtée sur le seuil, je dus me frotter les yeux.

Une longue file d'inconnus, qui s'agitaient, gesticulaient et vociféraient dans trois ou quatre langues différentes, tous en même temps, s'étirait devant le sergent Haupiff, assis à notre plus grande table, l'air très sévère, mais encore plus perplexe que sévère, et plus pontifiant que perplexe.

– Au suivant ! cria-t-il.

Le premier homme de la file s'avança et lui tendit des papiers. Je me rendis à la cuisine pour demander à ma mère ce qui se passait.

– Je n'en sais rien ! me répondit-elle. Le sergent s'est mis une drôle d'idée en tête : il est persuadé qu'un célèbre criminel rôde dans les parages. Il a exigé que tous les clients de l'auberge lui montrent leurs papiers. Quelle pagaille ! Je tremble en pensant à Peter dans la cave. En entendant tout ce raffut, il va monter pour voir ce qui se passe. Et je n'ose pas descendre pour l'avertir, au cas où le sergent déciderait de venir dans la cuisine. Oh, ce garçon, j'ai envie de l'étrangler, je t'assure ! Tout le tracas qu'il me cause ! Et toi, qu'est-ce que tu fabriques ici, au fait ? Cette dame t'a envoyée chercher ses bagages, c'est ça ?

– Quelle dame ? demandai-je.

J'essayais de glisser un mot au sujet des fillettes, en espérant qu'elle pourrait m'aider, mais elle ne m'écoutait pas : elle avait entrouvert la porte de la cuisine pour risquer un œil dans la salle.

– Maman ! De quelle dame parles-tu ?

– Elle n'est pas allée au château ? Je pensais que tu l'avais croisée en chemin. Le sergent a chargé l'agent Bigaurhnau de l'emmener, car elle n'avait pas les bons papiers. Elle l'a envoyé au diable, de manière bien sentie. Et elle a lancé, à qui voulait l'entendre, qu'elle fausserait compagnie à l'agent Bigaurhnau, car personne ne pourrait l'empêcher de monter au château pour présenter ses respects au comte Karlstein et rendre visite à ses deux fillettes.

– Ses fillettes ? Mais qui est donc cette femme ?

– Elle s'appelle Miss Davenport. Elle était enseignante en Angleterre, à Cheltenham ou quelque chose comme ça. C'était l'institutrice de Miss Lucy et de Miss Charlotte. Elle est en voyage et elle a eu envie de venir les voir. Pourquoi ? Que se passe-t-il ?

Abasourdie, je dus m'asseoir. Leur institutrice ! Qui venait les voir ! Elle allait se rendre au château et…

Il fallait que je lui parle. En me dépêchant, je pourrais peut-être la rattraper.

– Où l'agent Bigaurhnau l'a-t-il emmenée ? demandai-je.

– Je n'en sais rien. Le sergent lui a ordonné de la conduire jusqu'aux limites de la paroisse et de la laisser là. Il semblait très contrarié et, comme cette dame lui tenait tête, il a décidé de se montrer ferme. Tu le connais. Quelle tristesse… une femme si charmante. Elle venait juste d'arriver ! Mais elle a dit qu'elle avait connu des endroits bien plus terribles : à Bornéo, et le roi des chasseurs de têtes l'a condamnée à mort, mais elle l'a tué et s'est enfuie ! Si tu avais vu l'agent Bigaurhnau !

– Écoute-moi, maman…

Je lui racontai tout.

Elle s'assit à son tour, bouche bée. A la fin de mon récit, elle leva la main pour me faire taire.

– Je refuse d'en entendre davantage ! Et je t'interdis de descendre à la cave pour exciter ton frère. Il guette le moindre prétexte pour aller cavaler dans la montagne. Il a des ennuis avec la justice, je te le rappelle. De *véritable*s ennuis. Ce ne sont pas des histoires de fantômes, d'esprit et de diable chasseur. Va donc rechercher ces pauvres gamines et ramène-les au château. Tu leur as flanqué la frousse avec tes sornettes. Dépêche-toi d'aller les chercher ! Allez, hop !

Elle ne me croyait pas… Et maintenant, elle était en colère. Mais il n'y avait pas que de la colère en elle, je le savais bien. Il y avait aussi de l'inquiétude, pour Peter et les deux fillettes… et pour moi aussi, car elle craignait que j'aie des ennuis et que je perde ma place au château. Inutile d'insister.

– Très bien. J'irai les chercher, dis-je en sachant que je n'en ferais rien. Mais tu n'en parleras à personne, hein ?

– Tu es une petite idiote.

Ce fut sa seule réponse. Je m'en allai.

J'étais sur le point d'entrer quand j'entendis une voix qui me pétrifia.

La porte de la cuisine était située au pied de l'escalier et deux hommes le descendaient au moment où je sortais de la cuisine. Je levai les yeux. Je ne les avais jamais vus. Selon toute apparence, c'étaient de nouveaux clients, venus pour le concours de tir. Ils jetèrent un regard dans la salle et, en voyant le sergent Haupiff contrôler les papiers, s'arrêtèrent. Ils ne m'avaient pas vue, car la porte de la cuisine se trouvait un peu en retrait, dans l'ombre. Un des deux hommes dit à l'autre :

– Regarde, Max… ce gros crétin contrôle les papiers…

C'était l'homme de la grotte !

Chapitre 5

Je ne bougeai pas.

– Avez-vous des papiers, docteur Cadaverezzi ? demanda à voix basse le prénommé Max.

– Pas encore, répondit l'autre homme, celui qui avait une voix d'acteur.

D'ailleurs, il ressemblait à un acteur. Il portait un chapeau à large bord sur lequel se balançait une grande plume et une ample cape noire. Max, le domestique (du moins le supposais-je), était vêtu plus simplement. Il possédait un visage jovial qui respirait l'honnêteté, et je pensai : « Si seulement on avait su ça cette nuit… Je suis sûre qu'il ne nous aurait pas fait de mal… » Le docteur, lui, avait un beau visage ; je ne pouvais pas le nier : des traits puissants, de solides dents blanches et des yeux pétillants… Mais je n'oubliais pas sa qualité de comédien. « Il est impressionnant, me dis-je, mais je ne lui fais pas confiance. »

– Que va-t-on faire, alors ? demanda Max.

– Laisse-moi agir, répondit le docteur. Il n'y a rien de plus simple.

Sur ce, il avança avec nonchalance vers la fin de la file d'attente et tapota l'épaule d'un inconnu. Celui-ci se retourna : le docteur montra la fenêtre en disant quelque chose qui incita l'homme à regarder fixement dans cette direction. Pendant ce temps, il glissa la main dans la poche de l'inconnu et lui subtilisa ses papiers. « Scélérat ! pensai-je. Cet homme va avoir des ennuis à cause de vous… » Mais je ne pouvais m'empêcher de continuer à les observer avec curiosité. Qu'allait-il se passer ? Max s'assit au pied de l'escalier, à une longueur de bras de l'endroit où je me trouvais, dans l'ombre.

Le docteur atteignit la table derrière laquelle était assis le sergent alors que l'inconnu fouillait dans ses poches, hébété. Quand le représentant de la loi eut examiné les papiers, le docteur l'entraîna à l'écart. Ils s'approchèrent de l'escalier où je fis mine de chasser la poussière dans le coin.

– Je suppose, dit le docteur au sergent, d'un ton de conspirateur, que vous cherchez Brilliantini ?

(Brilliantini ? Où avais-je déjà entendu ce nom ? Ah, oui ! L'escroc qui s'était évadé de prison. Ça ne pouvait pas être lui !)

Le sergent jeta des regards à droite et à gauche, puis baissa la tête, les moustaches frémissantes, et dit à voix basse :

– En effet. Mais comment le savez-vous ?

– J'appartiens aux services secrets vénitiens. Mais cela doit rester entre nous, vous vous en doutez.

– Oh ! Vous avez ma parole !

– Moi aussi, je suis à la poursuite de ce bandit. Il est recherché à Venise pour plusieurs crimes odieux.

– Seigneur !

– C'est un homme extrêmement dangereux.

– Ah bon ?

– Il est capable de vous tirer dessus à vue, sergent. Je vous conseille de ne pas vous approcher de lui.

– Jamais je…

– Il est préférable que nous enquêtions main dans la main. Je vous donnerai toutes mes informations, et vous, de votre côté, vous me direz tout ce que vous savez.

– Bonne idée.

– Il y a une récompense pour sa capture. Je suppose que les autorités vous en ont informé ?

– Une récompense ? Euh… Et à combien s'élève cette récompense, si je peux me permettre ?

– L'État a ordonné qu'une médaille soit spécialement frappée pour quiconque participe à la capture de ce criminel.

Les yeux du sergent s'illuminèrent et il bomba le torse, comme si la médaille y était déjà accrochée.

– Une médaille ? souffla-t-il.

– Oui, répondit le docteur d'un ton solennel. L'ordre de la banane d'or.

– Oh ! Fichtre !

– Soyez discret, sergent. Pas un mot à qui que ce soit.

– Jamais de la vie, monsieur !

– Et vous me direz tout ce que vous savez… dans le détail.

– Certainement, monsieur ! Mon agent et moi sommes à votre service, monsieur ! Ne vous en faites pas, il sera bientôt sous les verrous !

Le sergent esquissa un salut martial, se retourna… et se prit les pieds dans le tapis. Il s'affala de tout son long. Son casque, surmonté d'une longue pointe, roula sous la table où était assis Rudi Gallmeyer, l'un des amis de Peter. Rudi ramassa le casque, l'essuya sur sa manche et le reposa sur la tête du sergent.

– Merci, Gallmeyer, dit celui-ci d'un ton grave. Je me réjouis de voir que quelqu'un connaît les bonnes manières dans cet endroit.

Sur ce, il sortit fièrement, sans se douter que les nouveaux éclats de rire qui l'accompagnaient étaient provoqués par la pomme que Rudi avait plantée sur le casque à pointe avant de le lui remettre sur la tête.

Le docteur Cadaverezzi regardait ce spectacle d'un œil amusé. Il se retourna vers Max.

– Je crois, dit-il, que nous n'avons rien à craindre de cet homme.

C'est alors qu'il me vit. Et qu'il me fit un clin d'œil ! Sans doute savait-il que je l'avais entendu. Je ne savais pas quoi dire. Je savais qu'il s'agissait de Brilliantini, et lui savait que je savais. Pourtant, il ne paraissait pas inquiet le moins du monde. Il possédait une sublime assurance, pleine d'innocence, qui enveloppait toutes ses tromperies et les transformait en jeu. Avec son index, il me fit signe d'approcher.

– Comment vous appelez-vous, jeune demoiselle ?

– Hildi, monsieur.

– Vous travaillez ici, n'est-ce pas ?

– Non, monsieur. Je travaille au château, mais je viens parfois ici pour aider ma mère…

– Ah ! Parfait. Dans ce cas, transmettez-lui mes hommages et demandez-lui si elle veut bien apposer cette affiche à un endroit où tous les clients pourront la voir.

Tel un prestidigitateur, il sortit de sa manche une grande affiche roulée qu'il me tendit en s'inclinant et en balayant le sol avec son chapeau, de l'autre main. Je la déroulai :

Le **Cabinet des merveilles** du
Docteur Cadaverezzi
sera bientôt présenté en ces lieux.

PRODIGES !
MERVEILLES DE LA NATURE !
Phénomènes scientifiques, magiques,
philosophiques, mécaniques,
spirituels et artistiques
d'une QUALITÉ et d'une SPLENDEUR
JAMAIS ÉGALÉES !

Présentés sous un tonnerre d'applaudissements
devant LES TÊTES COURONNÉES
de **QUATRE CONTINENTS !**

– Vous donnez un spectacle, monsieur ? demandai-je.

- Ce soir même !

J'étais en extase. Rien ne m'aurait fait davantage plaisir que de voir ce cabinet des merveilles, mais comment en aurai-je eu la possibilité avec Lucy et Charlotte, là-haut dans leur refuge de montagne, sans vivres, et le comte Karlstein qui les cherchait partout comme un fou furieux ?

Le docteur Cadaverezzi et Max discutaient tous les deux, à voix basse, et j'apportai l'affiche à maman. Elle était aussi enthousiaste que moi, car elle adorait les spectacles. Voilà pourquoi elle ne renvoyait jamais les comédiens, malgré leurs sales manies « artistiques ». Je lui fis promettre de tout me raconter et m'empressai de ressortir.

Mais à peine avais-je mis un pied dans la salle que je me jetai en arrière dans l'ombre, car je venais d'apercevoir, en pleine conversation avec Max, cette crapule servile de Herr Plörnischer.

– Excusez-moi, mon brave, disait-il en minaudant. N'auriez-vous pas aperçu, par hasard, deux petites filles dans un passé récent ?

– Deux petites filles ? répéta Max, l'air perplexe. Petites comment ?

– Dix et douze ans, respectivement. Elles se prénomment Charlotte et Lucy et ont été très vilaines, car elles se sont enfuies de leur doux foyer. Leur oncle si affectueux m'a chargé d'offrir une récompense à celui qui les ramènerait…

En entendant cela, je retins mon souffle et je crois même que je plaquai ma main sur ma bouche. En tout cas, Max s'en aperçut et me regarda par-dessus l'épaule de Plörnischer. En suivant son regard, le secrétaire se retourna.

– Ah ! s'exclama-t-il en faisant claquer ses doigts pour essayer de se souvenir de mon nom. Euh… Vous cherchez les fillettes, je suppose ?

– Oui, Herr Plörnischer, répondis-je.

– Où dois-je les ramener, à supposer que je les retrouve ? demanda Max.

– Au château, jeune homme. Demandez le comte Karlstein. Mais, surtout, ne prêtez pas attention à ce que vous diront ces gamines. Elles sont futées, ont beaucoup d'imagination et inventent des tas d'histoires. N'en croyez pas un seul mot ! Attrapez ces petites pestes et ramenez-les au château. Le comte Karlstein saura vous récompenser. Vous ne serez pas perdant, croyez-moi !

– Très bien. Comptez sur moi, dit Max. (Je le regardai en secouant la tête d'un air désespéré.) J'ai bien besoin d'argent, justement. Ça ne va pas, mademoiselle ?

– Euh… si, si, bafouillai-je.

Il fallait que je trouve le moyen de lui parler en privé. Il paraissait sympathique, et j'étais sûre qu'il me croirait, même s'il devait être le seul. Hélas, je n'en eus pas l'occasion, car Plörnischer coinça ma main sous son bras pour m'entraîner. Max sortit de l'auberge d'un pas décidé ; il partit d'un côté et nous de l'autre.

– Venez avec moi, ma chère ! dit le secrétaire. Nous allons remonter à pied jusqu'au château. Vous verrez, ça vous plaira.

Je traînai les pieds, fis semblant d'avoir un caillou dans ma chaussure, puis d'avoir oublié quelque chose, il fallait que je retourne au Joyeux Chasseur en courant ; j'envisageai même de m'évanouir, mais j'avais l'air en trop bonne santé pour être convaincante. Plörnischer s'accrochait à moi comme une sangsue.

– Ce doit être très agréable pour vous de bénéficier d'une pareille conversation, dit-il. Je suis une personne dotée d'une instruction considérable et cultivée.

– Vraiment ? Oh... j'entends sonner les cloches de l'église ! Il est déjà si tard ? Je dois me dépêcher de rentrer pour préparer le déjeuner du comte !

– Ne vous en faites pas pour ça, ma chère. Il est parti avec sa meute et ne déjeunera pas au château. Permettez-moi de vous faire découvrir les panoramas les plus intéressants de la vallée. Peut-être n'y avez-vous jamais prêté attention. Tout le monde n'a pas un regard aiguisé comme le mien. Ah ! Ah !

C'était insupportable. Comment faire pour lui échapper ? Il n'arrêtait pas, il me racontait des choses que je savais depuis toujours et, la plupart du temps, il se trompait. Tout cela d'un ton si mielleux et condescendant qu'un requin en aurait eu la nausée, s'il avait voulu l'avaler.

Je parvins enfin à m'arracher à ses griffes. De manière radicale, mais efficace. A un certain endroit, la rivière longeait le chemin ; je tendis le doigt vers l'eau en m'exclamant :

– Oh, regardez ! Regardez ce poisson, Herr Plörnischer ! Qu'est-ce donc ?

– Il se trouve que je suis un spécialiste des sciences naturelles, ma chère. Vous ne pouviez pas mieux tomber, ah ah ! Laissez-moi simplement m'avancer sur ce rocher en saillie...

Dès qu'il eut le dos tourné, je le poussai. Il brailla, couina, puis chuta dans l'eau. Je laissai échapper un cri d'effroi.

– Oh ! Herr Plörnischer, vous êtes tombé dans l'eau !

– Je sais bien ! Aidez-moi à sortir ! A l'aide ! A l'aide !

– Oh, vous vous noyez, Herr Plörnischer... Vous allez disparaître... Non, je ne veux pas voir ça !

– L'eau est gelée ! Aidez-moi donc ! Ne restez pas plantée là, à hurler ! Sortez-moi de là !

– Mais... je... je ne sais pas quoi faire ! Il faut que je coure chercher de l'aide ! Ne bougez pas ! Je reviens avec des hommes et des cordes !

– Non !... Non ! Ne partez pas ! Aidez-moi... Oh, oh, oh, c'est glacé !

Mais j'avais déjà tourné les talons et je courais à toutes jambes vers le village, tandis que les cris et les borborygmes de Herr Plörnischer montaient de la rivière derrière moi. J'espérais qu'il ne se noierait pas, mais il n'y avait pas de danger que cela arrive : la rivière était si peu profonde qu'il était assis sur les pierres du fond pendant qu'il braillait et réclamait de l'aide. Au pire, il attraperait un rhume. Ça lui servirait de leçon.

Très vite, je fus essoufflée. Depuis la veille, j'avais l'impression de passer mon temps à courir, à grimper et à avoir peur. Tout allait de travers. Pourquoi était-ce si difficile de cacher deux petites filles pendant un jour ou deux ? Je ne devais pas me décourager ; je n'avais pas le choix de toute façon. Si seulement je pouvais retrouver Max avant que celui-ci trouve les filles, je pourrais peut-être obtenir son aide...

Ma prière fut exaucée. Je tombai sur lui au virage suivant. Mais quelqu'un d'autre l'avait trouvé avant moi : une jeune femme habillée comme une femme de chambre, avec un élégant manteau en worsted marron doté d'un joli petit capuchon bordé de fourrure... Et tous les deux profitaient de cette rencontre due au hasard (si tel était le cas), car ils étaient enlacés et s'embrassaient comme si quelqu'un, après avoir inventé le baiser, leur avait demandé de le tester. Je m'arrêtai net. Que faire ? Je ne pouvais quand même pas les interrompre, si ? Je ne serais pas la bienvenue, de toute évidence. Mais que faire d'autre ?

Je m'assis au pied d'un arbre, sur une pierre sèche qui dépassait de la neige, et j'attendis qu'ils remarquent ma présence.

– Oh, Maxie, soupira la fille.

– Oh, Eliza ! Quelle joie de te rencontrer comme ça ! Où est ta maîtresse ?

– Ils l'ont arrêtée, Maxie ! Je ne savais pas quoi faire ! Ils ont contrôlé ses papiers ou je ne sais quoi et, comme elle n'était pas en règle, le gros sergent a ordonné à un petit agent maigrelet de l'escorter jusqu'aux limites de la paroisse, mais elle est partie si vite, furieuse, en traînant le petit bonhomme derrière elle, que je n'ai pas réussi à les suivre !

Sa maîtresse devait donc être... l'ancienne institutrice des fillettes ! pensai-je. Cela voulait dire qu'elle m'écouterait ! Non ? A moins que... En tant qu'enseignante, ne penserait-elle pas que toute l'histoire du diable chasseur était le fruit de cette chose tant redoutée : l'imagination ? Ne penserait-elle pas que la place des fillettes était au château, sous la protection du comte Karlstein ? Dans ce cas, ne ferais-je pas mieux de ne rien dire du tout à cette Eliza ? Oh, je ne savais pas quoi faire !

– Tu as toujours ton trombone, Maxie ? demanda-t-elle affectueusement.

– C'est pas un trombone, Eliza, c'est un cor de carrosse, dit-il fièrement.

– Et ton joli carrosse, Max ? Tu l'as toujours ? Tu es venu avec ?

– Non, ma jolie. J'ai eu un accident à Genève. Tout ça à cause d'une assiette de saucisses...

Ils repartirent en flânant, bras dessus bras dessous. Je les suivis ; c'était plus fort que moi.

– Une assiette de saucisses ? interrogeait Eliza.

– Exactement, répondit Max d'un air dépité. Après vous avoir déposées à Genève, Miss Davenport et toi, je suis allé dans une taverne manger des saucisses et boire de la bière, pour oublier le chagrin de notre séparation. J'avais mon fusil avec moi et je l'ai posé par terre près de la table, à l'abri, tu vois. Mais, quand la serveuse m'a apporté mes saucisses, je me suis pris le pied dans la détente, et le fusil était chargé, j'avais oublié. Le coup est parti et la balle a sectionné le pied de la chaise d'un vieux bonhomme.

– Non !

– En tombant à la renverse, il s'est retenu à ma table et a fait basculer mon assiette. Une saucisse brûlante s'est envolée pour retomber dans le cou de la serveuse ! Alors, elle a laissé tomber sa bougie… qui a mis le feu à mon pantalon…

– Oh, Maxie !

– Il n'y avait qu'une seule chose à faire. Je suis sorti à toute allure en braillant comme un cochon qu'on égorge et j'ai sauté dans l'abreuvoir où cette vieille Jenny était en train de se désaltérer. Elle n'a pas reconnu son maître, j'imagine et, prise de panique, elle a foncé vers la place du marché en renversant des étals ; il y avait des œufs et des pommes partout. Elle a fini par se jeter dans le lac, la pauvre, avec le carrosse et tout.

– Oh, pauvre Jenny ! Elle n'a rien eu ?

– Non, ils l'ont repêchée, mais le carrosse était fichu. Et moi, pendant ce temps, j'étais assis dans l'abreuvoir, assailli de toutes parts par la serveuse, le vieux bonhomme et le patron de la taverne. Alors, je me suis relevé pour me défendre, et ensuite… c'est à ce moment-là qu'ils m'ont arrêté.

– Arrêté ? Pourquoi donc ?

– En me relevant, j'ai découvert que le fond de mon pantalon avait complètement brûlé. Ils sont très stricts là-dessus à Genève. J'ai dû vendre la pauvre vieille

Jenny et aussi mon fusil pour payer les dégâts et j'ai écopé de trente jours de prison pour m'être montré en public les fesses à l'air.

– Oh, pauvre Max !

– Mais, en prison, je suis retombé sur mes pieds, ma petite Eliza. J'ai rencontré un homme qui avait été emprisonné par erreur. C'est ce qu'il disait, du moins. Il s'appelle le docteur Cadaverezzi. C'est un artiste ambulant ; il possède un Cabinet des merveilles. Il m'a engagé comme domestique et magicien assistant ! Tout ça pour dire, ma petite colombe, que je n'ai plus un sou pour le moment... Je ne peux donc pas t'épouser aussi vite que prévu...

– Oh, Maxie !

Ils semblaient avoir oublié ce qu'était un baiser, alors ils essayèrent de nouveau, pour se rafraîchir la mémoire. Je me dis : « Je ne devrais pas écouter tout ça. Ils forment un joli couple, ils ne méritent pas qu'on les espionne... »

– J'ai toujours le cadeau que tu m'as offert, Maxie ! s'exclama la jeune femme. Cette curieuse petite pièce brisée au bout d'une chaîne.

Elle la sortit du décolleté de sa robe pour la lui montrer.

– Je n'avais pas les moyens de t'offrir une bague, Eliza. Mais cette pièce est précieuse, je l'ai depuis que je suis tout petit. C'est un gage de mon amour, ma chérie.

Nouveaux baisers...

« Ils ne chercheront pas les fillettes, pensai-je.

Ils vont passer la journée enlacés à se faire des mamours. » Je crois qu'ils ne m'auraient pas vue même si j'avais sauté au milieu de la route, devant eux, en faisant des grimaces et en agitant les doigts sous leur nez en hurlant.

En fin de compte, une seule personne pouvait aider Lucy et Charlotte. C'était moi.

Chapitre 6

Je ne pouvais faire qu'une seule chose : me demander quand il me serait possible de retourner dans la montagne avec des vivres et un briquet à amadou, coincée comme je l'étais avec toutes mes tâches, car il n'y a pas plus occupée qu'une femme de chambre.

Par exemple, à peine eus-je posé un pied à l'intérieur du château que Frau Muller me lança d'un ton cassant :

– Où étiez-vous ? Comment voulez-vous que je gère la domesticité si chacun prend sa matinée quand bon lui semble ? Une dame est venue rendre visite au comte et il n'y a personne pour les servir. Enlevez-moi ce vieux manteau pouilleux et apportez-leur du vin… Dépêchez-vous, ma petite !

– Qui est cette dame ? demandai-je en posant mon manteau sur le dossier de la chaise de Frau Wenzel et en arrangeant ma coiffure. Je croyais que le comte était parti avec ses chiens ?

– Qu'est-ce que ça peut te faire ? Il est sorti et il est revenu, voilà tout. Ton problème, c'est que tu ne sais pas où est ta place. Tu es trop gentille avec ces deux petites pestes qui ont déguerpi. Bon débarras ! Tu as des idées de grandeur, Hildi Kelmar. Allez, va vite au salon, ne les fais pas attendre plus longtemps.

Nerveuse, je me hâtai de monter. Le comte Karlstein se tenait devant la cheminée et une femme grassouillette d'environ trente-cinq ans, habillée chaudement, était assise dans le meilleur fauteuil, droite comme un i. Je ne savais pas qui elle était, mais quelque chose en elle me rappelait les deux fillettes – un côté « étranger » – tandis que la dureté de son regard évoquait Meister Haifisch. Mais elle était assez jolie, dans le genre pète-sec. Elle me dévisagea avec une vive curiosité, sembla vouloir dire quelque chose, puis se ravisa. Elle paraissait très à l'aise, à la différence du comte.

– Puis-je vous offrir un rafraîchissement, Miss Davenport ? proposa-t-il.

« Mais oui, évidemment ! pensai-je. Miss Davenport. »

– C'est très aimable, répondit-elle. Cette promenade de bon matin m'a grisée. Je boirais volontiers un verre d'eau minérale, merci infiniment.

Elle avait un fort accent et, même si certaines de ses phrases semblaient bizarres, elle s'exprimait avec assurance. Visiblement surpris que l'on puisse boire de l'eau, le comte ne put réprimer une grimace. Grossier personnage !

J'esquissai une révérence mais, au moment où j'allai sortir, la femme dit :

– Cette domestique pourrait peut-être aller chercher les filles, pour que je les voie ? Je ne vais pas rester longtemps dans la région.

Je regardai le comte Karlstein.

– Je suis navré, dit-il d'un ton brusque. C'est impossible. Elles sont malades, toutes les deux.

Il paraissait mal à l'aise. Comment un être aussi vil pouvait-il être si mauvais menteur ? Miss Davenport savait, elle aussi, qu'il déguisait la vérité. Je la vis se pencher légèrement en avant dans son fauteuil, le regard pétillant.

– Vous m'en voyez navrée, comte Karlstein. De quoi souffrent-elles ?

– Elles ont de la fièvre.

– Dans ce cas, laissez-moi les voir. Je ne suis pas diplômée en médecine, évidemment, mais j'ai été l'élève particulière du professeur Wurmhœlle de Heidelberg. Qui supervise leur traitement, comte Karlstein ? Permettez-moi de rencontrer leur médecin. Mon rafraîchissement attendra que je les aie vues. La domestique n'a qu'à me conduire dans leur chambre, dit-elle en se levant d'un bond et en fonçant vers moi.

« Bravo ! » pensai-je.

Mais le comte bondit à son tour, comme s'il avait marché dans le feu par inadvertance.

– Non ! Non ! C'est hors de question ! Je ne peux pas laisser faire ça ! Leur santé n'est pas en danger, mais elles ne doivent avoir aucun contact avec des personnes étrangères à la vallée. Les exposer à l'influence de voyageurs, aussi érudits soient-ils, Miss Davenport, ayant traversé au cours de leur périple des endroits moins sains... Non, non, je ne peux pas. C'est bien dommage, mais c'est ainsi. Si je vous laissais les voir, je manquerais à tous mes devoirs.

Miss Davenport le dévisageait. Le comte lui-même aurait eu besoin d'un remède : il était pâle comme un linceul, avait visiblement les nerfs en pelote et la sueur due à la panique faisait briller son visage. Miss Davenport l'observait comme s'il s'agissait du spécimen d'une nouvelle plante tropicale. Le comte essaya de lui faire baisser les yeux, mais ce fut lui qui détourna la tête le premier, et la jeune femme se rassit bien sagement.

– Oui, vous avez raison, comte Karlstein, murmura-t-elle. C'est la meilleure chose à faire.

Elle croisa les mains sur ses genoux et me regarda. A cet instant, le comte me tournait le dos et je pus secouer la tête avec vigueur. Mais soudain, il se retourna et me vit.

– Allez chercher un verre d'eau ! rugit-il en me congédiant d'un geste de la main.

Je sortis précipitamment. Quand je revins dans le salon, ils parlaient de la pluie et du beau temps. J'entendis le comte demander à Miss Davenport où elle allait loger et je tendis l'oreille, mais j'appris seulement qu'elle se déplaçait avec tout un équipement d'exploration scientifique (et n'avait interrompu son voyage que pour un jour ou deux) et qu'elle était donc parfaitement heureuse de camper (« Comme un Peau-Rouge », pensai-je) étant donné que l'auberge était complète et que le sergent Haupiff lui avait interdit l'accès au village. A cet instant, le comte me foudroya du regard ; je saluai et pris congé.

« Il faut absolument que je lui parle », me dis-je. Mais une force maléfique (je commençais à en être convaincue) me mettait des bâtons dans les roues. En regagnant la cuisine, je fus accueillie par Frau Wenzel, la cuisinière, folle d'excitation et pleurant de joie.

– Oh, Hildi ! Hildi ! C'est merveilleux ! s'exclama-t-elle entre deux sanglots.

– Quoi donc ? Qu'y a-t-il, pour l'amour du ciel ?

– Ils ont retrouvé Miss Charlotte ! Ils l'ont ramenée saine et sauve !

Abasourdie, je me laissai tomber sur une chaise. Non, ce n'était pas merveilleux du tout. J'étais furieuse. Je savais ce qui s'était passé : ces petites idiotes avaient quitté le refuge et Miss Charlotte s'était fait prendre.

– Où est-elle ? demandai-je. Je vais aller la voir. Elle voudra certainement…

– Kelmar !

La voix de Frau Muller retentit et sa silhouette de grosse oie s'engouffra dans la cuisine tel un courant d'air glacé.

– On a retrouvé cette sale gamine. Elle est enfermée dans la tour, et interdiction d'aller la voir. Vous entendez ? Je vous interdis de l'approcher !

– Mais où était-elle ? Que s'est-il passé ? Et pourquoi… ?

– Faites ce qu'on vous dit ! Je pense que vous en

savez plus que vous ne le laissez croire. Si vous approchez de cette enfant, je vous ferai tanner le cuir, soyez-en sûre ! Et ça ne s'arrêtera pas là.

Elle jeta un regard soupçonneux dans la cuisine et ressortit aussi vite qu'elle était entrée.

– Pourquoi n'ai-je pas le droit de la voir ? demandai-je à Frau Wenzel, qui s'éventait faiblement avec les menus du jour.

– Oh, mon Dieu, mon Dieu, il ne faut pas la contrarier. Elle a un sale caractère, et c'est à moi qu'elle passe un savon après. Franchement, Hildi, tout ce que je dois endurer ici, c'est injuste. Ailleurs, je ne serais pas traitée comme ça...

Encore quelques reniflements, quelques sanglots, et elle se ressaisit. Pendant qu'elle remuait un ragoût dans une marmite, je restai assise à la table de la cuisine et épluchai quelques carottes en l'écoutant raconter ce qui s'était passé.

Pendant que Miss Davenport se trouvait en haut avec le comte Karlstein, un monsieur trempé de la tête aux pieds s'était présenté à la porte du château, tenant fermement par le bras une petite fille transie de froid.

Alors que Herr Plörnischer s'extrayait avec peine du ruisseau tumultueux dans lequel je l'avais poussé, il avait vu Charlotte sortir du bois. S'il avait tenté de la pourchasser, jamais il ne l'aurait rattrapée, mais il avait eu la présence d'esprit (et le manque de pudeur) de s'allonger par terre en gémissant...

La fillette, découvrant un voyageur en détresse au bord du chemin, s'était souvenue de l'histoire du Bon

Samaritain et précipitée à son secours. Là, une main de fer lui avait saisi le poignet et elle s'était retrouvée face à un sourire mielleux et triomphant. Herr Plörnischer l'avait donc ramenée au château mais, apparemment, Miss Charlotte n'avait pas dit où se trouvait Lucy, ni pourquoi elles s'étaient enfuies. Pour l'heure, Herr Plörnischer était assis dans le salon de Frau Muller, près du feu, une couverture enroulée autour de ses frêles épaules et les pieds dans une bassine d'eau chaude, le regard rendu brillant par l'héroïsme et le brandy. « J'aurais dû le noyer avec un bâton quand j'en ai eu l'occasion », pensai-je.

Charlotte était enfermée dans le débarras, sous le bureau du comte, en guise de punition, dit Frau Wenzel. J'espérai pouvoir m'éclipser pour lui glisser deux mots, mais ce fut impossible. Frau Muller fit en sorte de m'occuper toute la matinée. Mon moral déclinait à chaque minute qui passait et, aussitôt après le déjeuner, elle m'ordonna de nettoyer toute l'argenterie, y compris la grosse et vieille soupière ornée de dauphins replets et de petites sirènes grassouillettes, que je n'avais jamais vu utiliser depuis que je travaillais au château. L'argenterie trônait, sinistre, sur la table de la cuisine. Je m'assis et la frottai avec du sable fin jusqu'à ce que la moindre trace de ternissement ait disparu. Quand j'eus terminé, mon cœur était aussi gris et terne que les couverts quand je m'étais attelé à ma tâche.

Une fois que j'eus enveloppé et rangé l'argenterie, il fallut épousseter et balayer le salon de Frau Muller, puis elle prétendit qu'elle devait faire le tri dans tous les menus de l'année écoulée. Elle me chargea de classer tous ces vieux machins tachés, poussiéreux et déchirés, dont plus personne ne se servait. Je voyais clair dans son jeu : elle me surchargeait de travail pour me tenir éloignée de Charlotte. Tout l'après-midi, elle resta sur mon dos, pendant que les pensées de Charlotte enfermée dans la tour, de Lucy errant seule dans la montagne et de Miss Davenport assez près pour agir mais ignorant tout de leurs ennuis, tournoyaient dans ma tête comme des chats qui se battent à l'intérieur d'un sac.

Plus tard, le comte Karlstein ressortit avec ses chiens, ce qui accentua mon désespoir. Puis, en fin d'après-midi, Frau Muller m'ordonna de monter des bûches dans le salon et de tailler les mèches des lampes. Je crus que cela me permettrait de courir jusqu'au débarras mais, là encore, je fus contrariée dans mes plans, car je tombai sur Herr Plörnischer qui ronflait près du feu moribond. Avec intention je laissai tomber une lourde paire de pinces sur le foyer en pierre de la cheminée pour le réveiller en sursaut.

Il tressaillit, renifla et se redressa brutalement. Puis il me vit et se laissa retomber au fond du fauteuil, avant de se réveiller pour de bon.

– Où étiez-vous quand je suis tombé dans la rivière ? Je croyais que vous étiez partie chercher de l'aide.

– C'est ce que j'ai fait, monsieur ! J'ai couru, couru ! J'étais si inquiète…

– J'aurais pu facilement me noyer, vous en êtes

consciente, j'imagine. Je suis un remarquable nageur, nombreux sont ceux qui ont pu admirer ma puissance, mais le courant était très fort. Il a failli m'emporter vers une mort certaine…

A cet instant, il fut interrompu par une succession d'éternuements. Je tournai les talons pour prendre congé.

– Attendez ! Je n'ai pas fini. Je veux vous raconter comment j'ai attrapé cette petite peste… Cela va vous amuser.

– J'ai du travail, Herr Plörnischer. Vous me le raconterez une autre fois.

Il éternua de nouveau et se renfonça dans son fauteuil en grommelant. Je m'en allai.

Enfin, l'occasion que j'attendais se présenta. Ils s'étaient laissés fléchir, ou bien le cœur de pierre de Frau Muller s'était attendri, au point d'accepter que Charlotte soit nourrie, au moins, dans sa « prison ». Frau Wenzel avait préparé un plateau avec un bol de soupe, du pain et une pomme. Je fus chargée de le porter, non pas dans la tour, mais à Frau Muller elle-même qui se trouvait dans le hall pour une raison quelconque et qui le monterait en personne à la prisonnière. Le plateau dans les mains, je gravis les marches de la cuisine, pendant que derrière moi on s'affairait avec des marmites et des poêles. Le chemin conduisant au hall passait devant le salon privé de Frau Muller, où étaient accrochés, je le savais, des doubles des clés de toutes les pièces du château, à l'exception du bureau du comte.

Il ne me fallut que quelques secondes. Je me faufilai dans la pièce, posai le plateau sur la table, me retournai vers le grand tableau fixé derrière la porte et, avec fébrilité, parcourus du regard les rangées de clés jusqu'à ce que je trouve la bonne. Je la laissai tomber dans le bol. Heureusement, la soupe de Frau Wenzel était bien épaisse, et la clé resta invisible.

Au moment où je reprenais le plateau, la porte s'ouvrit et Frau Muller entra. Je me pétrifiai. Elle ne dit rien, mais dans ses yeux brillait une lueur de triomphe sournois. Sans un mot, elle me prit le plateau des mains et attendit que je quitte la pièce.

– Attendez dans le hall, ordonna-t-elle de son ton mauvais, avant de disparaître dans la pénombre de l'escalier.

Je restai près de la grande cheminée, accablée par le désespoir. J'avais les larmes aux yeux, mais je me retins en songeant qu'elle serait trop heureuse de me voir pleurer. Au bout d'un moment qui me parut interminable, j'entendis ses pas dans l'escalier et me retournai pour lui faire face.

Mais avant que Frau Muller ait le temps d'ouvrir la bouche, la porte d'entrée du château s'ouvrit à la volée et le comte Karlstein en personne, enveloppé d'un tourbillon d'air glacé, entra telle une armée de Wisigoths et s'arrêta sur le seuil. Les bourrasques de vent firent s'envoler des cendres et des braises dans la cheminée ; les flammes des lampes à pétrole vacillèrent, certaines s'éteignirent. Les lourdes tapisseries elles-mêmes tremblèrent sur les murs jusqu'à ce que le comte claque la porte au nez du vent. Debout à ses côtés, Frau Muller s'adressa à lui en me montrant du doigt. Il leva la tête et ses yeux semblèrent s'animer sous l'effet d'une énorme colère contenue, comme les montagnes en été juste avant qu'un orage éclate.

Il avança de trois grands pas et leva la badine qu'il tenait dans son poing pour me frapper. Je reculai, mais le coup m'atteignit à l'épaule : une douleur intense me brûla. Je poussai un cri de terreur et reculai en titubant, alors qu'il s'apprêtait à frapper de nouveau. Cette fois, la badine me cingla le cou. Je me retournai et m'enfuis en courant. Fou de rage, il me jeta un chapelet d'injures qui me glacèrent le sang et lança quelque chose. J'ignore ce que c'était, mais le projectile me frappa dans le dos juste avant que j'atteigne les quartiers des domestiques. C'était un objet dur et lourd, et la zone touchée resta douloureuse pendant plusieurs semaines. Je m'engouffrai dans la cuisine et éclatai en sanglots, incapable de me retenir. Au lieu de me consoler, Frau Wenzel me tourna le dos, le visage fermé par la peur, et fit semblant de ranger de la vaisselle dans l'arrière-cuisine.

Quelques secondes plus tard, la porte s'ouvrit en grand et Frau Muller réapparut, le corps penché en avant, le cou tendu vers moi, livide de rage, à l'exception d'un petit vaisseau éclaté qui formait comme un fil de coton écarlate sur le côté de son nez. Je me concentrai dessus pour éviter de croiser son regard.

– Prenez votre manteau, vos affaires et décampez ! Ouste ! Quittez immédiatement ce château et ne revenez pas !

J'avais la tête qui tournait. Elle s'écarta pour me laisser passer, en ramassant le bas de sa robe avec ostentation.

Quelques minutes me suffirent pour rassembler mes affaires ; après quoi, le corps meurtri, terrorisée et totalement abattue, je quittai le château des Karlstein sous les premiers flocons de neige et d'un pas mal assuré, je descendis vers le village.

Deuxième partie

Récits à plusieurs mains

Le récit de Lucy

C'est vrai, on n'aurait jamais dû quitter le refuge. C'était une bêtise. Mais on avait tellement faim et tellement froid, que rester là aurait été de la folie. On était bêtes… mais pas folles. Alors, on est parti.

La deuxième bêtise, c'est Charlotte qui l'a faite. J'ai essayé de l'appeler en imitant le cri d'un animal des bois, car j'étais restée cachée derrière les arbres et je ne voulais pas révéler ma présence. Et, surtout, je voyais bien que la personne couchée au bord de la rivière était Herr Plörnischer, mais je n'ai pas réussi à le faire comprendre à Charlotte avec mon chant d'oiseau. Je poussais de petits cris de lamentation et je l'ai vue tomber dans le piège.

Pendant le restant de la matinée et presque tout l'après-midi, j'ai erré dans les bois, en proie à une terrible indécision et à une faim encore plus épouvantable. Jusqu'à ce que, finalement, je retourne au village et pousse la porte du Joyeux Chasseur. Malgré les inquiétudes de Hildi, je me disais qu'il y aurait forcément quelqu'un pour m'aider dans cet endroit si accueillant. Et en effet, mais ce n'était pas le genre d'aide auquel je m'attendais.

Je suis entrée dans la salle : elle était vide. Mais sur une estrade, au fond, était posée la chose la plus étrange que j'aie jamais vue. C'était un cabinet, plus grand et plus large qu'un homme, recouvert de toutes sortes de poignées, d'œilletons, de tuyaux, de fenêtres, de rideaux, de boutons et de signes mystiques. Poussée par la curiosité, je me suis approchée pour l'examiner et, soudain, les rideaux se sont ouverts et un homme est apparu.

Il était grand et différent de toutes les personnes que j'avais vues dans ma vie. Il n'avait pas l'air suisse, plutôt italien, et il était excessivement beau. Il me toisait, une lueur de désapprobation dans le regard.

– As-tu vu mon domestique ? m'a-t-il demandé.

– Euh… Non, monsieur.

– Max ! Oh, c'est incroyable ! Où est cet homme ? Max !

Il a ouvert son cabinet et en a sorti une longue tunique décorée de signes du zodiaque, qu'il a suspendue à une des poignées de la porte.

– Euh, excusez-moi, monsieur…

– Qu'y a-t-il, petite ?

– Avez-vous vu Hildi, monsieur ?

– Jamais entendu parler d'elle. Tiens-moi ça.

Il m'a tendu un crâne humain. Je l'ai pris entre mes mains tremblantes.

– Ne le laisse pas tomber, surtout ! C'est le crâne d'Apollonius, le grand philosophe. Irremplaçable !

– Que dois-je en faire, monsieur ?

– Tiens-le devant toi. Regarde au fond de ses yeux. Prends un air mystérieux. Oui ! Parfait ! Ne bouge plus !

– Je vous en supplie… J'ai des ennuis… Il faut que je trouve Hildi.

– Chut, petite ! Tu avances aux frontières du mystère.

Il a tourné autour de moi, m'observant de près.

– Oui, oui, a-t-il fini par dire. Tu feras une parfaite assistante.

A ce moment-là, j'ai failli laisser tomber le crâne.

– Hein ? Une assistante ? Que voulez-vous dire, monsieur ?

– Tu es une fugitive, n'est-ce pas ?

– Euh… Oui… Comment le savez-vous ?

– C'est facile à deviner. Tu as besoin d'un endroit pour te cacher, et moi j'ai besoin d'un assistant depuis que mon domestique s'est volatilisé. Comment t'appelles-tu ?

– Lucy… Mais… Je peux me cacher ici ? Vous ne me dénoncerez pas ? Je cours un grave danger, et ma sœur…

– Te dénoncer ? Quelle horrible idée ! Aussi sûr que je m'appelle Dante Cadaverezzi, jamais je ne trahirai un compagnon de fuite. Le crâne, je te prie.

Il a rangé Apollonius dans le cabinet et a commencé à disposer divers objets mystérieux sur la scène.

– Vous êtes en fuite vous aussi, monsieur Cadaverezzi ? ai-je demandé.

Je me sentais plus à l'aise. C'était un personnage intimidant mais, curieusement, je me sentais en sécurité avec lui.

– Docteur Cadaverezzi, si ça ne te fait rien. Oui, je suis un charlatan, un vagabond. Profession honorable, mais instable. Comment dis-tu t'appeler, déjà ? Lucy ? Non, ça n'ira pas. Il faut que tu sois une princesse... Indienne ? Péruvienne ? Non... Ça y est, j'ai trouvé ! Une princesse égyptienne, évidemment ! Et tu feras des prophéties... Tu prédiras l'avenir !

– Ah ?... Comment ça ?

– Contre un petit supplément, ils pourront se faire prédire leur avenir par la princesse magnétisée. As-tu déjà été magnétisée ?

– Non. Jamais.

– C'est très facile. Tu fermes les yeux, je fais les gestes magiques et, quand tu rouvres les yeux, tu as l'air magnétique ! Rien de plus simple. Comme ceci !

Je n'ai pas bougé pendant qu'il faisait semblant de me « magnétiser ». Il avait raison : c'était très simple.

– Bon. Si tu es une princesse, il te faut une couronne et une robe quelconque. Ah ! Voilà qui fera l'affaire... (Il m'a enveloppée dans une nappe.) Quant à la couronne... Celle de Charlemagne lui-même !

Il a sorti une vieille couronne en or qu'il a déposée délicatement sur ma tête.

– Elle a beaucoup de valeur ? ai-je demandé. Je ne voudrais pas la casser...

– Elle est très précieuse. Mais je peux facilement en faire une autre. Oui, oui, tu es beaucoup mieux que Max mon domestique... Un homme au cœur bon, mais un nigaud. Si je le magnétisais, il tomberait, lâcherait le crâne, renverserait le cabinet, donnerait un coup de pied dans la boule de cristal et je ne sais quoi encore. Je vais te montrer comment fonctionne le Diable volant. Il y a un ressort, ici, que tu dois libérer à mon signal...

J'étais impuissante. Pendant deux heures, j'ai répété tous les mystères du cabinet, à en avoir la tête qui tourne et mal aux bras. Quand il a vu que je n'en pouvais plus, il a bien voulu que je m'arrête, et a demandé qu'on nous apporte à manger et du vin. Je n'avais même pas eu l'occasion de lui dire que j'étais affamée. C'était un personnage très énergique et autoritaire.

Il m'a accordé dix minutes de repos, puis il a fallu se remettre au travail. J'ai essayé de lui parler de Charlotte et de nos ennuis, il m'écoutait, mais je voyais bien qu'il ne pensait qu'à la représentation. Il se levait d'un bond pour me mimer un effet auquel il venait de penser, insistait alors pour que je le teste sur-le-champ et que je le répète jusqu'à ce que je l'exécute à la perfection. Peu à peu, alors qu'on approchait du soir (et de la représentation), j'ai fini par comprendre que j'étais tombée entre les mains du plus déconcertant de tous les spécimens de l'humanité, j'ai nommé : le génie.

Le temps a passé dans une fantasmagorie de crânes, de boules de cristal, de Diables volants, de Cloches spirituelles, de cartes à jouer et de fausses montres brisées, et plus de boutons, de poignées, de leviers, de manettes que j'aurais pu en imaginer à l'intérieur d'un seul cabinet, jusqu'à ce que je m'aperçoive que, si je n'avais pas été magnétisée auparavant, je l'étais désormais. Quand la pendule murale a sonné neuf heures, le docteur s'est empressé de me draper dans ma « robe », il a déposé la couronne sur ma tête, m'a glissé à l'oreille une ultime recommandation, puis m'a poussée à l'intérieur du cabinet dont il a fermé la porte.

L'obscurité m'a engloutie. J'entendais le public qui s'installait. Le spectacle allait commencer.

Le récit de Hildi

Comme il ne servait à rien de commencer à chercher Lucy, je suivis la route (malgré le vent qui tentait de m'en écarter) pour regagner le village et la douce chaleur de la cuisine du Joyeux Chasseur. Ma mère m'accueillit avec tendresse et fit toute une histoire en découvrant la zébrure que la badine du comte avait laissée dans mon cou. Elle m'assit devant un bol de soupe et un verre de vin avant de reprendre son travail, car elle était débordée et ne savait plus où donner de la tête.

L'auberge était pleine à craquer. Les chansons braillées dans la salle, les bruits de vaisselle, les éclats de rire et les voix réclamant à manger faisaient trembler les poutres. Élise et Hannerl sortaient de la cuisine en courant, les bras chargés d'assiettes où s'empilaient des saucisses, des montagnes de pommes de terre et du chou fumant et revenaient, toujours en courant, avec des assiettes vides qui finissaient leur course dans l'évier. Très vite, je me retrouvai les bras plongés dans l'eau chaude jusqu'aux coudes. Peut-être que je me défilais, pensais-je, au lieu de patauger dans la neige, tel le roi Wenceslas, dans l'espoir de retrouver la trace de Lucy. Mais à peine me faisais-je cette remarque qu'un nouveau chargement d'assiettes sales arrivait, déposé en équilibre instable sur l'égouttoir en bois mouillé, et je devais recommencer.

Ce que je voulais vraiment, je m'en apercevais maintenant, c'était parler à Peter. Peut-être que si j'avais un moment de libre un peu plus tard, je pourrais descendre à la cave…

– Pourquoi y a-t-il tant de monde, ce soir ? demandai-je à ma mère, profitant d'un des rares moments où elle ne courait pas entre la cuisine et la salle.

– Hein ? Oh, c'est à cause de la représentation du docteur Cadaverezzi ! A croire que tout le monde dans la vallée en a entendu parler.

– Ah oui, c'est vrai ! J'avais oublié. Il m'a demandé de placarder l'affiche.

– Il a failli annuler son spectacle.

– Pour quelle raison ?

– Son assistant a disparu. Ah, tu ignores ce qui s'est passé. Pour commencer, il y a eu cette grotesque histoire de contrôle de papiers avec le sergent Haupiff, puis le docteur Cadaverezzi a perdu son domestique. Il avait besoin de lui pour l'aider à installer le cabinet. Je ne sais pas ce qu'il fabrique avec ce machin, mais c'est rudement impressionnant. Pas moyen de mettre la main sur ce gars ! D'ailleurs, il n'a toujours pas réapparu. Mais le docteur a dû trouver quelqu'un d'autre car, quand je suis retournée le voir, il m'a dit que tout était arrangé, qu'il pourrait quand même assurer son spectacle. En revanche, il avait besoin de la salle pour lui tout seul dans l'après-midi, pour répéter. Je lui ai dit que ça ne posait pas de problème, évidemment, et il s'est mis au travail. C'est un vrai gentleman. Très beau ! Ah, Hildi, si ta maman a disparu demain matin, c'est qu'elle s'est enfuie avec le docteur Cadaverezzi !

« Tiens, tiens, pensai-je. Maman est amoureuse. » Évidemment, elle ne l'était pas vraiment ; c'était l'excitation du concours de tir et le fait de recevoir un tel artiste à l'auberge. Et peut-être avait-elle bu une goutte de ce vin de Johannisberger dont j'apercevais la bouteille givrée dans un coin. En tout cas, jamais elle n'aurait parlé de la sorte si Peter avait été là pour se gausser. Au moins, elle semblait avoir cessé de se faire du souci à cause de lui, pour le moment. Mais le plus important – il fallait que je me le répète – c'était Lucy. La première question que j'avais posée en arrivant concernait la fillette et la réponse avait été : non, elle n'était pas venue ici, et personne ne l'avait vue. Je ne devais pas perdre espoir.

Le spectacle du docteur Cadaverezzi devait débuter à vingt et une heures : à mesure que les aiguilles de la grosse et vieille pendule de la salle approchaient lentement de cet instant, le parfum d'excitation ambiant devenait si intense qu'on avait du mal à voir à travers, à moins que ce ne fût à cause de la fumée qui s'échappait des pipes en porcelaine éclatante sur lesquelles tiraient la plupart des clients. Des hommes silencieux aux visages rougis, qui semblaient savourer un énorme secret, comme si eux seuls avaient connaissance d'une farce que personne d'autre ne suspectait ; des hommes venus de loin, dont les tenues ressemblaient à des costumes de théâtre ; des hommes robustes aux gestes lents, semblables à de vieux ours ; des hommes vifs aux visages sombres, pareils à des singes ; des hommes qui ne parlaient pas un mot d'allemand et qui devaient montrer ce qu'ils voulaient, avec des gestes et des grimaces ; des hommes à la peau claire venus des grandes forêts plus au nord ; des hommes aux visages burinés par le soleil et aux petits yeux vifs plissés à cause de l'éclat de la neige des montagnes... Tous étaient là pour le concours de tir, évidemment. Et puis, il y avait les villageois : les garçons tapageurs, les copains de Peter, dégourdis, décontractés et imbus d'eux-mêmes, flirtant avec Élise et Hannerl ; des enfants aux yeux écarquillés, accrochés aux jupes de leur mère, des hommes d'un certain âge qui buvaient du vin et discutaient entre eux avec animation, des hommes plus âgés qui prenaient grand soin de s'installer confortablement dans un coin en tirant avec concentration sur leur pipe, conscients d'avoir atteint le sommet de leurs ambitions.

Et quand toute cette assistance fut entassée dans la salle (Élise et Hannerl se tenaient au fond, un torchon sur l'épaule, les bras croisés, un jeune homme posté à côté de chacune, attentif, au cas où elles auraient besoin d'une escorte pour trouver la sortie lors d'un éventuel entracte proposé par le docteur Cadaverezzi. Maman et moi étions juchées sur une table près d'une fenêtre embuée qui dégoulinait.), lorsque tout fut prêt, j'eus droit à la première des surprises que me réservait cette soirée.

La porte s'ouvrit et un Herr Arturo Plörnischer radieux et enrhumé, les cheveux pommadés à la Napoléon, son petit nez rouge comme une cerise qui coulait, entra, précédant la silhouette sombre et menaçante de mon ancien employeur : le comte Karlstein. Il me regarda, se tenant assez près pour que je lui crache dans l'œil si je l'avais voulu, et… me salua bien bas ! Il émanait de lui un détestable air de triomphe ironique, aussi flagrant que l'odeur de clou de girofle qui accompagne une personne souffrant d'une rage de dents. L'assistance se tut ; ceux qui le connaissaient parce qu'ils le connaissaient, et les autres parce qu'un je-ne-sais-quoi leur conseillait de le faire.

– Bonsoir ! lança-t-il de sa voix râpeuse, teintée de cette sonorité métallique qui se faisait entendre dès qu'il essayait de se montrer cordial. J'ai entendu parler des merveilles de ce docteur Cadaverezzi et je viens assister à son spectacle.

Plörnischer fit signe à quelques personnes de leur faire de la place et, une minute plus tard, le comte Karlstein et son secrétaire reniflant, éternuant et se mouchant étaient attablés devant un verre de vin.

C'est alors que le docteur Cadaverezzi, qui avait dû assister à la scène derrière le rideau, commença son spectacle.

Tout d'abord, un coup de gong retentit, un son puissant, chinois, curieusement accompagné de dragons invisibles et de fumée d'opium. Puis les rideaux s'écartèrent et là, à côté du cabinet, éclairé par une lumière crue et sinistre, se tenait le docteur en personne. Il salua avec obséquiosité tout en posant ses yeux étincelants sur l'assistance, comme s'il regardait tout le monde en même temps. Un tonnerre d'applaudissements éclata, alors qu'il n'avait rien fait pour les mériter, à part se tenir là, impressionnant. Certaines personnes produisent cet effet-là : vous préféreriez les regarder cirer leurs chaussures plutôt que de voir quelqu'un d'autre marcher sur un fil au-dessus d'une cage de tigres affamés. On appelle cela le magnétisme.

Il leva la main et les applaudissements cessèrent.

– Mes amis, dit-il, sans doute avez-vous vu de nombreux artistes itinérants, des diseuses de bonne aventure, des comédiens usés se faisant passer pour Arlequin, Jules César ou Hamlet. Je vous prie de ne pas me confondre avec des individus de cette espèce. J'ai consacré ma vie entière à la quête solitaire du savoir ; j'ai eu le privilège de servir de nombreux monarques. J'ai été le médecin du Grand Mogholen Inde, le conseiller particulier du noble Alfonso, roi du Brésil. J'ai risqué ma vie pour explorer les régions les plus reculées de la terre, là où nul voyageur n'avait jamais mis les pieds auparavant. Et les fruits de mes recherches, les trésors que j'ai rassemblés au cours de ma vie, sont ici, à l'intérieur de ce Cabinet mystique !

Applaudissements.

Un autre coup de gong retentit et le public se tut aussitôt.

– Pour commencer, reprit le docteur, je vais vous présenter mon assistant venu du monde des esprits… un diable de Laponie. Springer !

Il fit claquer ses doigts. Un nuage de fumée s'échappa du cabinet, accompagné d'un fort sifflement, et une petite chose rouge avec des cornes et des moustaches jaillit par une des ouvertures et atterrit au creux de sa main.

– Pfft ! C'est un jouet monté sur ressort ! lança le comte Karlstein. Cet homme est un charlatan !

Une ou deux personnes, dans l'assistance, hochèrent la tête. Le docteur Cadaverezzi leur jeta un regard noir. Pendant un instant, je crus qu'il allait perdre son public ; celui-ci est très difficile à satisfaire, comme beaucoup d'artistes l'ont découvert à leurs dépens. Mais c'était mal connaître le docteur Cadaverezzi. Soudain, un sourire d'innocence enfantine éclaira son visage, telle une bulle de pur ravissement.

– Maintenant, annonça-t-il, je vais exécuter un tour qui a stupéfié tous les publics de Paris jusqu'au Pérou. Quelqu'un peut-il me prêter sa montre ?

– Moi ! Moi ! s'exclama le comte Karlstein. Tenez, prenez celle-ci !

Le docteur Cadaverezzi fit mine de ne pas vouloir mais, comme personne d'autre ne se manifestait, il dut prendre celle du comte.

– Vous allez voir, dit ce dernier en s'adressant au public pendant que le Docteur Cadaverezzi retournait vers l'estrade, il va faire semblant de la casser. J'ai déjà vu ce tour !

Le docteur Cadaverezzi déplia un large mouchoir à pois rouges à l'intérieur duquel il déposa la montre.

– J'enferme votre montre dedans, monsieur le comte, annonça-t-il en repliant le mouchoir.

– Oui, c'est ça ! commenta le comte qui s'amusait follement.

– Maintenant, je vais prendre ce gros maillet, poursuivit le docteur en levant l'outil au-dessus de sa tête, et briser la montre en mille morceaux.

– Allez-y ! lança le comte en riant aux éclats. Je connais le tour, Plörnischer ! Je l'ai vu faire par Goldini. Allez-y, cassez-la !

– Avec votre permission, répéta le magicien, je vais frapper sur cette montre avec ce maillet pour la mettre en pièces.

– Allez-y ! Allez-y ! dit le comte avec un geste d'impatience.

Cadaverezzi posa la montre enveloppée dans le mouchoir sur une petite table près de lui et tapa dessus plusieurs fois à grands coups.

Pendant ce temps, le comte expliquait au public que la montre n'était plus dans le mouchoir mais qu'elle était cachée dans la manche de Cadaverezzi qui allait la faire réapparaître à l'autre bout de la pièce ou dans le chapeau de quelqu'un. Plörnischer, lui, hochait la tête avec un grand sourire, et se frottait les mains en imaginant déjà l'embarras du supposé magicien. Quant à maman, à côté de moi, elle avait du mal à se contenir devant le comportement de trouble-fête du comte Karlstein.

Après que le mouchoir eut été copieusement martelé de coups de maillet, le prestidigitateur le reprit pour l'apporter au comte qui s'esclaffait.

– Votre montre, monsieur.

– Ah, ah ! Ma montre ! Vous ne croyez tout de même pas que je vais gober ça, hein ? s'exclama-t-il. (Il prit le mouchoir et le brandit à bout de bras pour le montrer à tout le monde.) Voyons voir..., dit-il en dépliant le carré de tissu.

Son expression se modifia brutalement lorsqu'il découvrit un chapelet de ressorts, de roues dentées, de morceaux de verre brisé et d'argent tordu, ainsi qu'une longue chaîne de montre.

– C'est quoi, ça ? demanda-t-il.

– Votre montre, comme je vous le disais, répondit le docteur Cadaverezzi. J'ai annoncé que j'allais la briser ; ces messieurs et ces dames peuvent témoigner que vous m'avez encouragé à le faire.

Des murmures de confirmation et des hochements de tête parcoururent l'assistance, car les gens n'aimaient pas le comte.

– Mais... mais...

– Alors, c'est ce que j'ai fait, conclut le prestidigitateur en haussant les épaules avec toute la tristesse du monde, mais l'étincelle qui brillait dans son regard me fit comprendre, et au public aussi, qu'il sortait vainqueur de ce duel.

Toutefois, le meilleur était à venir. Pendant que le comte Karlstein se rasseyait, furieux, et se tournait vers Plörnischer, le docteur fit apparaître d'on ne sait où un mouchoir identique, d'où il sortit… la montre du comte ! Il la regarda avec une sorte de fierté comique et la glissa dans sa poche de poitrine, qu'il tapota d'un air satisfait. Cette brève mimique n'avait pas échappé au public qui éclata de rire. Cela accrut l'agacement du comte Karlstein, qui ignorait la cause de cette hilarité.

Ayant réussi à captiver son auditoire, le docteur Cadaverezzi poursuivit son spectacle. Tous ces gens savaient maintenant que cet homme était un filou et que, si vous lui tourniez le dos, il vous ferait les poches mais, apparemment, ils s'en moquaient car ils étaient tous d'excellente humeur. Et il était si habile, il prenait un tel plaisir à exécuter ses tours qu'on ne pouvait s'empêcher de partager son bonheur. On comprenait maintenant à quoi servaient ces boutons, ces poignées, ces leviers étranges qui agrémentaient le cabinet. L'un d'eux, par exemple, actionnait un mécanisme baptisé Le Chromœidophusikon. Poussé sur l'estrade par ses amis, Hans Pfafferl dut coller son visage contre l'oculaire pendant que le docteur Cadaverezzi actionnait une poignée qui faisait tourner un petit moulin placé sur le dessus du cabinet, d'où s'échappaient de violentes détonations, des bourdonnements et des sifflements. Hans assistait, nous expliqua le docteur, à une représentation mécanique de la bataille de Bodelheim, avec effets musicaux, optiques et balistiques. Quand Hans s'éloigna du cabinet en titubant, il avait le visage maculé d'un tas de couleurs qui le faisaient ressembler à un sauvage tout droit sorti d'une de ces contrées païennes que le docteur prétendait avoir visitées. Le pauvre Hans ne comprenait pas pourquoi tout le monde riait.

Enfin vint le clou du spectacle.

Le gong chinois retentit une fois, deux fois, trois fois, et le docteur Cadaverezzi adopta une attitude de crainte respectueuse, comme si un événement surnaturel allait avoir lieu. Ce qui était le cas, à l'en croire.

– L'heure d'Ibis approche ! annonça-t-il d'un ton solennel. Conformément aux prophéties anciennes, nous allons assister à la renaissance de cette princesse sacrée connue des grands prêtres sous le nom de Nephtys ! Pendant dix mille ans, elle a dormi dans les pyramides mais, ce soir, elle va se réveiller et s'adresser à nous à travers les hiéroglyphes de sa langue maternelle. Mesdames et messieurs… la princesse Nephtys !

D'étranges accords résonnèrent sur une harpe au son étouffé et un nuage de fumée s'échappa du cabinet. Et soudain, au milieu de la fumée, vêtue de blanc et coiffée d'une couronne dorée, les mains croisées sur la poitrine et les yeux levés au ciel d'un air mystique, apparut ma deuxième surprise de la soirée : Lucy.

Elle était donc bien venue ici ! Et…

Dans une seconde ou deux, le comte Karlstein (il s'était déjà levé de sa chaise) s'emparerait d'elle ! Il n'y avait qu'une seule chose à faire.

– Au feu ! Au feu ! hurlai-je.

Je sautai de la table et ouvris la porte en grand.

– Au feu ! Au feu !…

La ruse fonctionna. En un éclair, la panique s'empara de la salle. Les gens qui se trouvaient au fond jetaient des regards affolés autour d'eux, ceux qui étaient devant jouaient des coudes pour foncer vers la sortie et ceux qui se trouvaient au milieu étaient coincés entre les deux vagues. Je me précipitai dehors en frappant deux cendriers l'un contre l'autre et en hurlant à pleins poumons. Très vite, la porte fut encombrée par des bras, des jambes et des têtes qui s'agitaient dans tous les sens pour essayer de s'échapper. Quelques secondes après avoir donné l'alarme, j'avais vu Lucy écarquiller les yeux et me regarder puis, horrifiée, elle avait aperçu le comte Karlstein. J'ignorais ce que faisait le docteur Cadaverezzi, mais le comte et Plörnischer luttaient contre le flot humain pour essayer d'atteindre l'estrade, alors que tout le monde se précipitait vers la sortie. J'espérais – car je ne voyais rien – que Lucy aurait le temps et la présence d'esprit de s'enfuir.

Pendant ce temps, des gens s'affairaient et criaient pour réclamer des seaux d'eau, des couvertures pour étouffer les flammes et des haches pour défoncer les portes et libérer ceux qui restaient prisonniers. Certains hurlaient qu'il fallait ouvrir les fenêtres en grand pour évacuer la fumée, d'autres vociféraient encore plus fort pour les en empêcher, car les courants d'air allaient attiser les flammes... Et nul ne s'était aperçu qu'il n'y avait pas le moindre incendie. Je me sentais mal à l'aise en voyant ce public joyeux transformé en foule hystérique. Je me frayai un chemin jusqu'à la cuisine. Il y avait une sortie par-derrière, après le cellier et les dépendances. Je les traversai en me cognant les jambes dans des seaux, des caisses, provoquant un bruit épouvantable, il faut bien l'avouer. J'espérais que Peter n'aurait pas la mauvaise idée, s'il entendait ce vacarme, de sortir la tête de la cave comme un idiot pour voir ce qui se passait.

Derrière le Joyeux Chasseur, il y avait une ruelle. Je l'atteignis juste à temps pour voir disparaître, tout au bout, la silhouette d'un homme de grande taille, vêtu d'une cape et coiffé d'un large chapeau. Le docteur Cadaverezzi ! Je m'élançai à sa poursuite, sans oser crier son nom au cas où le comte Karlstein aurait découvert cette sortie lui aussi et se trouverait dans les parages. J'atteignis l'extrémité de la ruelle qui débouchait sur la route venant du pont et regardai autour de moi, le souffle court.

Cadaverezzi avait disparu. Dans mon dos, j'entendais le tumulte de la taverne, et particulièrement des cris féroces qui ne me plaisaient pas. La route et le pont déserts brillaient d'un éclat blanc au clair de lune ; la rivière qui coulait à vive allure scintillait et projetait de petits éclats liquides de lumière argentée, insuffisants pour percer l'obscurité. Je scrutai la nuit sur l'autre rive, au-delà de la limite des arbres et de la route qui s'incurvait pour contourner la montagne. Avais-je perçu un mouvement entre les troncs ? Il faisait trop noir, c'était trop loin. La forêt regorgeait d'ombres. Et sur cette rive-ci, il n'y avait que le village, les toits enneigés, la route boueuse, les lumières jaunes derrière les fenêtres, la fumée des cheminées qui montait en ligne droite, épaisse et blanche, dans l'air dégagé et vif.

Je les avais perdus.

Je retournai au Joyeux Chasseur à pas lents, tremblant de froid, accablée de désespoir. « Docteur Cadaverezzi, pensai-je, vous avez intérêt à prendre soin d'elle. Elle n'a plus que vous. » Puis je me dis : « Si pour échapper au comte Karlstein et au diable chasseur, elle ne peut compter que sur un escroc itinérant recherché par la police… pauvre Lucy. Pauvre Lucy ! »

Rapport de police numéro 354/21

Sujet :
« Événements survenus au poste
de police de Karlstein suite à l'arrestation
du cabinet du docteur Caradaristi »

Je tiens à préciser d'emblée dans ce rapport que c'est moi, Josef Haupiff, sergent de police, récompensé par le premier prix de tenue et d'élégance des fonctionnaires de police (deuxième classe), responsable du poste de Karlstein, qui ai signalé à mon subalterne, l'agent Alphonse Bigaurhnau, qu'il était interdit de manger pendant le service.

Ayant eu des problèmes avec cet agent par le passé, j'ai particulièrement insisté sur ce point. Une fois déjà, il n'a pas été en mesure d'utiliser sa matraque avec le maximum d'efficacité, comme cela est indiqué dans le manuel de la police, à cause de la présence d'un pain de viande dans la main agissante ; et le criminel qu'il tentait d'appréhender à cette occasion a pu s'en tirer à bon compte.

C'est pourquoi, avant de quitter la salle de garde, j'ai rappelé à l'agent susnommé qu'il devait faire preuve de sévérité et de vigilance. Pas une seule miette ne devait franchir ses lèvres, car il avait pour mission de surveiller le cabinet des merveilles.

Le susnommé cabinet a été placé sous bonne garde à la suite de la disparition de son propriétaire, un certain docteur Cassnoisettsi, un Italien. Le susnommé docteur Catchanisti s'est volatilisé dans des conditions suspectes à la suite de fausse alerte à l'incendie au Joyeux Chasseur. Son cabinet a été arrêté à sa place, lui n'étant plus là, et retenu au poste de police dans l'attente de nouveaux développements.

Il s'agissait d'une mission dangereuse pour l'agent Bigaurhnau, qui n'est pas très vif, que ce soit au niveau du cerveau ou des membres, alors que le cabinet est truffé de mécanismes étranges et d'objets de nature bizarre, ce qui le rend extrêmement dangereux à manipuler. Alors qu'il le transportait au poste de police, l'agent Bigaurhnau a actionné par mégarde un ressort qui a projeté un jet d'encre auquel je ne m'attendais pas et que je n'ai pu éviter. Quelques témoins, qui semblaient trouver la chose amusante, ont dû être réprimandés avec sévérité.

L'encre susnommée ayant rendu mon visage temporairement inadapté au bon accomplissement de mes devoirs tels qu'ils sont définis dans le manuel de la police, j'ai laissé l'agent Bigaurhnau assurer la garde, comme je l'ai précisé plus haut, en lui interdisant strictement de manger pendant le service, et je me suis rendu dans les toilettes du poste de police pour effacer cette encre qui me défigurait. Toutefois, avant cela, j'ai pris soin d'ôter mon casque et de le suspendre au support prévu à cet effet. (J'ai moi-même conçu ce support. Vous trouverez un croquis ci-joint[1]. Je suis en effet convaincu que, si on adoptait ce support, l'efficacité des forces de police serait multipliée par cent. Le principe en est simple : en déposant tout le travail en souffrance à l'intérieur du casque renversé, son propriétaire ne peut plus le mettre avant d'avoir tout réglé. Si je signale cette invention aux autorités, ce n'est pas dans le but de réaliser des bénéfices, mais dans celui de contribuer à une plus grande efficacité.)

Ayant constaté qu'une certaine quantité de l'encre incriminée avait imbibé mes moustaches, je suis resté un certain temps dans les toilettes ; lorsque j'en suis ressorti, j'ai trouvé l'agent Bigaurhnau dans une attitude de culpabilité, tentant de dissimuler un sac en papier sur sa personne et présentant sur le menton la preuve d'une consommation récente de cheesecake. Je l'ai sévèrement réprimandé et, du fait de ma vive indignation, je n'ai pas songé à examiner l'intérieur de mon casque avant de le poser sur ma tête. J'ai alors découvert que l'agent Bigaurhnau, en m'entendant revenir, avait caché un gros morceau de cheesecake dans mon casque.

J'espère que ce préambule d'introduction expliquera mon allure indigne d'un policier et mon apparition déshonorante au moment de l'arrestation.

1. Ce croquis a disparu.

J'en viens maintenant aux événements qui ont suivi.

Connaissant les habitudes des criminels, j'ai pu prédire que le bandit en question, le docteur Calamitisi, tenterait de reprendre possession du Cabinet des merveilles, et j'ai ordonné à l'agent Bigaurhnau de se cacher dans la salle de garde, la lampe éteinte, dans l'obscurité. Quant à moi, je me suis caché dans un placard adjacent, ma matraque à la main.

Plusieurs heures semblent s'être écoulées.

Finalement, notre veille a été récompensée.

Se servant d'une clé de fabrication ingénieuse ou étrangère, le malfaiteur susnommé, le docteur Canackaski, s'est introduit par les portes du poste de police. Comme décrit plus haut, je l'attendais, grâce à ma connaissance de l'esprit criminel, mais je ne pensais pas qu'il serait accompagné d'une personne de sexe féminin, d'un très jeune âge.

Je transcris ici leur conversation exacte. Je peux le faire en toute confiance, ayant obtenu à l'école de police le diplôme Ernst Stuffelbaum de l'entraînement à la mémoire.

Voici leurs paroles .

ELLE : Vous me surprenez, docteur Calackabitsi, car je vous croyais honnête.

LUI : Oh, je suis aussi honnête que le jour est long.

ELLE : Nous sommes en hiver et les jours sont courts.

LUI : C'est pour ça que je suis moins honnête en hiver qu'en été. Récupérons mon cabinet et ensuite nous pourrons nous réfugier dans un endroit sûr, à bonne distance d'ici.

ELLE : Mais, docteur, je vous ai vu de mes propres yeux. Je n'ai pas d'autre choix que de vous réprimander sévèrement. Quand cet homme était penché en avant pour coller ses yeux à l'oculaire et que je lui badigeonnais le visage de peinture comme vous me l'aviez demandé, avec les coups de canon et tout ça, je vous ai vu lui faire les poches. Vous ne pouvez pas le nier.

LUI : En effet, je ne peux pas. J'ai avec moi son portefeuille, je l'avoue avec plaisir.

ELLE : C'est très vilain de votre part.

LUI : Le public est une créature très nerveuse et timide. Il faut l'aider à investir dans de magnifiques entreprises comme le Cabinet des merveilles.

ELLE : Vous ne pouvez pas excuser votre vol en expliquant que vous aidez vos victimes à faire des investissements. Je vous suis très reconnaissante pour votre aide, mais vous êtes un individu malhonnête. Jamais je n'aurais accepté de vous aider si j'avais su que cela m'entraînerait dans une activité criminelle.

LUI : Voilà qui est fort sage. Sur ce, récupérons mon cabinet pendant que ces deux policiers ont temporairement quitté les lieux.

ELLE : Et ensuite vous m'aiderez à sauver Charlotte ?

LUI : Oui. Tiens la lanterne bien haut pendant que j'essaie de soulever le cabinet.

A ce stade, jugeant le moment approprié, j'ai jailli de ma cachette afin d'appréhender le criminel. Hélas, en prenant mon poste de guet, je n'avais pas remarqué la présence d'un seau dans le placard et j'ai introduit mon pied gauche à l'intérieur. Le seau s'est mis sur mon chemin lorsque je me suis précipité hors de ma cachette, il m'a fait tomber lourdement et j'ai cabossé mon casque.

Après m'être ressaisi, je me suis adressé au criminel :

« Docteur Crepowiski ! ai-je lancé. Au nom de la loi, je vous arrête ! »

A mon grand étonnement, j'ai découvert que la personne en question n'était pas le docteur Carameleski, mais un agent des services secrets vénitiens qui avait adopté un pseudonyme. Il m'a salué par mon nom. J'hésitais quant à la procédure à suivre, car le manuel de la police ne traite pas de ce genre de cas, lorsque j'ai remarqué les bottes de l'agent Bigaurhnau, en position allongée. Visiblement, il s'était endormi pendant le service. Je n'en croyais pas mes yeux. Je l'ai réveillé et l'ai réprimandé sévèrement mais, nullement distrait par tout cela, j'ai pu évaluer rapidement et clairement la situation.

Mettant à profit ma formation de policier, je suis arrivé à la conclusion que l'agent secret vénitien et le docteur Canarrotti n'étaient qu'une seule et même personne, et que l'une d'elles se faisait passer pour l'autre, en violation de la loi. Je n'avais d'autre choix que d'appliquer avec la plus grande rigueur les pouvoirs mis à ma disposition.

J'ai annoncé au malfaiteur susnommé que je l'arrêtais et je l'ai mis en garde conformément à ce qui est écrit dans le manuel de la police.

C'est alors qu'il a prononcé les paroles suivantes : « Lucy, éteins la lampe. »

La jeune personne de sexe féminin s'est exécutée avec la plus grande perfidie, plongeant l'ensemble du poste de police dans l'obscurité. Appelant l'agent Bigaurhnau à la rescousse, je me suis élancé avec témérité pour me colleter avec ce criminel. J'ai reçu plusieurs coups, mais j'ai réussi, à l'issue d'une lutte féroce, à le maîtriser et à lui passer les menottes de la manière expliquée dans le manuel de la police.

D'un ton autoritaire, j'ai ordonné qu'on rallume la lampe.

Quand la lumière est revenue, j'ai découvert avec consternation que j'avais arrêté l'agent Bigaurhnau, qui avait agi de même à mon égard, si bien que nous étions inextricablement attachés l'un à l'autre par les menottes susnommées. Le docteur Caracapesti en a profité pour faire quelques remarques de nature offensante.

Après quoi, alors que sa complice et lui s'apprêtaient à repartir avec leur cabinet, la porte du poste de police s'est ouverte à la volée pour laisser entrer une escouade de la police de Genève venue en renfort sous le commandement de l'inspecteur Hinkelbein.

Celui-ci a exprimé sa surprise en nous découvrant, l'agent Bigaurhnau et moi-même, attachés dans une position honteuse et indigne de deux policiers. J'ai tenté de lui en expliquer la raison, mais il m'a coupé la parole. Ce rapport me permet enfin de laver mon honneur.

L'inspecteur a ensuite arrêté le docteur Caravelupsi en l'accusant d'être Luigi Brilliantini, le célèbre escroc. Pour moi, il était évident que l'inspecteur avait commis une erreur d'identification et je m'apprêtais à le lui faire remarquer, mais il m'a coupé la parole encore une fois.

L'agent Bigaurhnau a alors fait remarquer à l'inspecteur que la fillette avait disparu durant l'échauffourée. L'inspecteur s'est déclaré surpris que deux agents de police adultes aient pu se faire battre par une petite fille. J'ai voulu rectifier son interprétation des faits, mais il m'a coupé la parole.

Le prisonnier a été conduit en cellule. L'agent Bigaurhnau et moi-même avons été libérés de nos menottes et sévèrement réprimandés. J'ai ensuite informé l'inspecteur Hinkelbein qu'il pouvait s'attendre à être décoré de l'ordre de la Banane d'or, mais il a compris de travers. J'ai tenté de lui fournir des explications, mais il m'a coupé la parole.

Le prisonnier, le docteur Caravanossi, est maintenant sous bonne garde au poste de police, en attendant d'être transféré à Genève pour répondre de l'accusation d'usurpation d'identité.

Sergent de police

Récit de Miss Augusta Davenport

Après avoir quitté le château des Karlstein, j'avoue que j'étais quelque peu déconcertée, et c'était là un sentiment que je n'avais plus éprouvé depuis que je m'étais retrouvée encerclée par une tribu de sauvages au fin fond du Turkestan.

Mais cette fois-là comme l'autre, je me consolai en songeant qu'une *gentlewoman* anglaise était capable de surmonter toutes les difficultés à condition de posséder de l'intelligence et un pistolet chargé. Je disposai de ces deux avantages et, après avoir glissé le second dans mon manchon, je suis partie à la recherche d'un endroit tranquille pour exercer le premier.

Très vite, je tombai sur un cimetière qui surplombait une gorge rocailleuse. C'était un lieu admirable : non seulement il dominait une vaste étendue de très belles formations géologiques, mais il possédait cet aspect sinistre qui conduit immanquablement les personnes superstitieuses à déclarer que de tels endroits sont hantés et à les éviter. Or la solitude était exactement ce dont j'avais besoin.

Toutefois, plus tard dans l'après-midi, j'en vins à regretter la décision de ce policier stupide qui m'avait chassée du village, car cela m'obligeait à camper. Fort heureusement, j'avais avec moi mon nécessaire de voyage pliant breveté Hermès qui contient tout ce qui est utile pour la survie. Aussi, quand je fus arrivée à certaines conclusions concernant le comte Karlstein, j'empruntai la route qui conduisait à la forêt, où j'étais sûre de trouver une clairière isolée pour y planter ma tente. Je regrettais qu'Eliza, ma domestique, n'ait pas réussi à me retrouver. Elle était dotée d'un grand sens pratique (ce qui est bien), d'un cœur chaud (ce qui est encore mieux) et d'un esprit faible (ce qui est fâcheux). Elle pourrait plus facilement marcher seule sur une route déserte vers un cimetière plongé dans l'obscurité, hanté ou non, que faire une addition. D'ailleurs, jamais je ne le lui demanderais. Quoi qu'il en soit, je regrettais son absence.

Imaginez donc ma surprise lorsque la sortie d'un virage, je découvris Eliza en personne ! Elle était en pleine conversation avec un jeune homme, une sorte de domestique, de toute évidence, dont le visage me paraissait familier. Je la hélai.

– Oh ! Miss Davenport ! Dieu soit loué, vous êtes saine et sauve ! Dieu soit loué, nous vous avons retrouvée ! s'exclama-t-elle.

Je m'abstins de faire remarquer que c'était moi qui l'avais retrouvée, et je lui racontai ce qui s'était passé au château. Elle joignit les mains d'un air horrifié.

– Oh, quelle honte ! s'écria-t-elle. Si nous avions su

tout cela, jamais nous n'aurions accepté de les chercher ! Oh, quel monstre de duperie et de traîtrise...

Et ainsi de suite. Je ne savais pas du tout de quoi elle parlait. Je la laissai délirer pendant que j'observais le jeune homme.

– Ne vous ai-je pas déjà vu ? demandai-je.

– J'ai pris la liberté d'accompagner votre domestique, madame, afin de la protéger dans ces contrées sauvages. Il se trouve que j'ai eu l'honneur de vous servir autrefois. J'étais cocher, et je vous ai conduite à Genève, où j'ai eu le plaisir de rencontrer Miss Eliza.

C'était un jeune homme vif, poli et qui s'exprimait bien. J'approuvai. Car il était évident, malgré le crépuscule, que ces deux-là étaient amoureux.

– Comment vous appelez-vous ? demandai-je.

– Max Grindoff, madame. Pour vous servir.

– Et vous êtes cocher, dites-vous ?

– Plus maintenant, madame. Je suis l'assistant personnel et le laquais en chef du grand docteur Cadaverezzi, qui possède le Cabinet des merveilles, madame.

– Hmmm. Je vois. Eliza, tu parlais de *les chercher* à l'instant. A qui faisais-tu allusion ?

– Aux fillettes, miss ! Charlotte et Lucy !

– Explique-toi.

Elle s'exécuta. Pendant qu'elle parlait, le plan du comte Karlstein (mais pas ses motivations, évidemment) commença à se dessiner. Par ses mauvais traitements il avait forcé les fillettes à fuir, et il me l'avait caché en me racontant un tissu de mensonges au sujet d'une prétendue maladie. Et à présent, il essayait de les rattraper.

– Je vais devoir m'occuper de ça, déclarai-je. Grindoff, mon brave, vous recherchez ces fillettes depuis ce matin, si j'ai bien compris ?

– Euh… oui, madame.

Il se balançait d'un pied sur l'autre.

– Mais sans succès, apparemment.

– Aucun, madame. Mais cette forêt est très vaste et elles peuvent se trouver n'importe où. Peut-être même ont-elles franchi les montagnes pour passer dans la vallée voisine ou même plus loin, madame. Elles sont peut-être en Italie…

– Ne dites pas de bêtises ! Elles ne peuvent pas être aussi loin. Non, il n'y a qu'une chose à faire. Le comte Karlstein sait ce que je veux, il ne se laissera pas abuser par une deuxième visite. Mais vous, il ne vous connaît pas. Vous allez monter au château.

– Hein ? Moi, madame ? Pour quoi faire, si je peux me permettre ?

– Il faut découvrir pour quelle raison elles se sont enfuies. Interrogez les domestiques. Présentez-vous dans les cuisines. Je suis sûre que c'est dans vos cordes.

– Mais mon maître, madame ! Il doit m'attendre au Joyeux Chasseur. Il donne une représentation ce soir !

– Si vous vous dépêchez, vous pouvez aller au château et revenir à temps.

– Il faudra nous laisser ton trombone, Maxie, dit Eliza.

– C’est pas un trombone, Eliza. C’est un cor de carrosse.

Je regardai la chose en question : un long instrument en cuivre. Je demandai à l’examiner de plus près et le prénommé Maxie me le tendit.

– Un jour, j’ai vu une sarbacane d’Amérique du Sud, dis-je. Dans l’exposition du signor Rolipolio au Clarence Gardens. Elle ressemblait beaucoup à cela. Le signor Rolipolio en personne a eu la gentillesse de m’en faire une démonstration… Vous permettez.

Parmi les provisions que je transporte toujours, un sac de pois séchés occupe une place de choix. J’en pris un, le plaçai dans l’embouchure de l’instrument et visai un arbuste tout proche. Le pois s’envola et frappa le tronc maigre en plein milieu.

– J’avais jamais vu ça ! s’exclama Grindoff. C’est sacrément astucieux, pour sûr. Mon maître voudra s’en servir dans son numéro, je parie !

– Oh, Maxie ! Sois prudent ! dit Eliza. Ne te fais pas prendre par le comte et jeter dans les cachots, mon amour !

– Euh.. je…

– Eliza, coupai-je, tu dois m’aider à trouver un lieu pour camper. Nous retrouverons monsieur Grindoff à son retour, dans un endroit plus commode.

– Nous avons aperçu une cabane de bûcheron, miss, un peu plus loin. Elle est en mauvais état, mais on pourra installer facilement votre tente. Et il y a l’eau du ruisseau juste à côté. On te retrouvera là-bas, Maxie chéri. D’accord ?

Il ouvrit et referma la bouche deux ou trois fois mais, apparemment, son affection pour elle le privait de toute force de résistance. Il hocha la tête d'un air triste et s'éloigna sur le chemin d'un pas traînant, en direction du château.

– Un excellent jeune homme, Eliza, dis-je.

– Je dois vous avouer que je suis tombée amoureuse de lui à Genève, miss. Quand je l'ai vu sur son carrosse, si fier, avec son uniforme élégant et son cor qui brillait au soleil…

– Oui, oui, je comprends. Je ne suis pas étrangère à la noble passion. Le signor Rolipolio m'a volé mon cœur il y a trois ans… Mais il ne devait pas en être ainsi. Le destin nous a séparés.

– Oh, miss…, soupira Eliza, pleine de compassion. (Tout ce qui touchait à l'amour faisait fondre son cœur immédiatement… Pauvre fille simple.) Comme c'est triste pour vous. Et pour lui aussi. Je parie qu'il se languit dans quelque pays étranger…

– Certainement, certainement. C'est le seul homme, Eliza, qui fut mon égal sur le plan de la personnalité, de l'audace et de l'intellect. Mais à cause d'une stupide histoire de passeport ou de papiers, il a été obligé de quitter le pays, et je crains qu'il y ait eu des problèmes politiques avec le gouvernement de son pays d'origine… Bah, chassons ces pensées mélancoliques. Le devoir nous appelle !

Sur ce, j'accompagnai Eliza vers la cabane du bûcheron et notre futur campement.

Le récit de Charlotte

Quand cet homme fourbe, Herr Plörnischer, a serré mon poignet dans sa main mouillée, j'ai failli m'évanouir d'effroi. Mais quand je me suis retrouvée enfermée dans le débarras, sous le bureau de mon oncle, j'ai retrouvé une partie de ma détermination.

Après tout, j'étais désormais prisonnière. Et n'avais-je pas lu, une semaine plus tôt, le récit des épreuves et du triomphe de *Marianna, la captive des Abruzzes* ? Elle était retenue captive par son diabolique cousin, maléfique qui voulait l'obliger à lui donner sa fortune. Un sort étrangement semblable au mien ! Sauf que ce n'était pas ma fortune (je n'en avais pas) qui était en jeu, mais ma vie. Et alors que Marianna avait des amis et un amoureux, Verocchio, qui luttaient pour la libérer, je n'avais ni l'un ni l'autre. A part Hildi, évidemment.

Lorsque la clé tourna dans la serrure, marquant le début de mon emprisonnement, je m'assis et refusai de songer aux larmes qui ruisselaient sur mes joues, tels des torrents de montagne. Je restai assise comme une princesse qui défie ses bourreaux, le dos bien droit, les mains croisées sur les genoux et la tête dressée, en bénissant la mémoire de cette chère Miss Davenport qui insistait toujours pour que les jeunes filles se comportent avec la plus grande dignité, même dans les circonstances les plus difficiles.

Je me comportai de cette façon pendant une minute, puis, ne pouvant résister plus longtemps, je m'allongeai et pleurai pour de bon.

Cette pièce était affreuse. La fenêtre n'avait pas été nettoyée depuis l'invention du verre et, par-dessus le marché, elle était munie de barreaux rouillés enfoncés dans la pierre. Une couche de poussière recouvrait le sol nu et la pièce était encombrée d'un fouillis comme on n'en avait pas vu depuis le Déluge, j'ose le dire.

Transie de froid et morte de fatigue, j'essayai de dormir. Il y avait sur le dossier d'un canapé branlant une grande tapisserie dont je me serais volontiers couverte ; malheureusement, la scène représentait une femme, une sainte sans doute, qui subissait une épreuve plus terrible que la mienne, et cela me mettait extrêmement mal à l'aise. Alors, je la roulai pour la cacher derrière un meuble en chêne et je restai couchée là à grelotter un long moment.

Mais impossible de trouver le sommeil. J'aurais pu m'occuper l'esprit de manière utile, avec des pensées positives, or la seule chose positive que je pouvais imaginer, c'était une paire d'ailes qui me permettrait de m'envoler vers la liberté. A condition de ne pas avoir le vertige, évidemment. J'ôtai la pellicule de poussière sur la fenêtre pour regarder au-dehors, pleine d'espoir, mais je ne découvris qu'un horrible précipice et des crevasses déchiquetées, des centaines de mètres plus bas.

Y avait-il dans cette pièce, me demandai-je (en adoptant l'état d'esprit de Marianna, la captive des Abruzzes), quelque chose qui pourrait m'aider à m'échapper ? Marianna avait longuement réfléchi à sa situation et en avait tiré des conclusions morales, mais la pauvre était enfermée dans un donjon glacé, et enchaînée par-dessus le marché, alors l'inventaire était vite fait. J'aurais besoin, supposais-je, d'un outil quelconque pour forcer la porte. Mais les seuls instruments à ma disposition semblaient être en porcelaine : une bergère et un chien. Brisés l'un et l'autre. En poursuivant mes recherches, je découvris : un télescope tordu ; un presse-papiers en verre ; une statue représentant un dieu indien, cabossée ; une boîte contenant des spécimens de papillons morts épinglés sur une planche ; une carafe ébréchée avec un petit dépôt collant au fond. (Je le goûtai : c'était sucré. Soudain, je songeai que c'était peut-être du poison et faillis m'étrangler.) Il y avait également quelques vieilles robes, poussiéreuses et rongées aux mites ; un miroir brisé ; le portrait d'une grosse dame ; celui d'un garçon et d'une fille aussi forts l'un que l'autre et très désagréables, et d'un énorme chien, encore plus antipathique ; un paysage triste qui ressemblait à la Hollande, peint à l'huile, sans cadre ; un cadre doré écaillé et terni, d'un format différent, sans tableau ; une perruque d'homme poudrée, peuplée de mites, cousines de celles qui vivaient dans les robes et – effroyable découverte – une tête humaine !

Je suis certaine d'avoir hurlé en plaquant mes mains sur ma bouche. J'ai remarqué que je faisais toujours ça quand je recevais un choc. Mais la tête qui m'avait fait peur avait une expression joviale et ne semblait pas du tout contrariée d'avoir été séparée de son corps.

Elle était en bois, évidemment. Je compris qu'elle allait avec la perruque. Montée sur un pied, elle possédait un visage peint de couleurs vives, et c'était l'objet le plus gai que j'avais vu depuis plusieurs mois. Je me sentais si seule que je me mis à lui parler et je l'installai sur la table en bambou à côté de l'ottomane. Je secouai la perruque et la reposai sur la tête. Aussitôt, je me sentis d'humeur joyeuse, comme si j'avais reçu la visite d'un vieil ami plein d'entrain, dont le seul but était de veiller sur moi.

Je lui racontai tout ce qui s'était passé et il m'écouta avec une patience exemplaire. Et soudain, comme s'il m'avait porté chance, j'entendis un bruit de pas qui montaient l'escalier. La clé tourna dans la serrure.

C'était Frau Muller. Assise sur l'ottomane, l'air digne, je regardai droit devant moi. Elle ne dit rien. Je ne dis rien. Elle posa un plateau sur la table en bambou et fit demi-tour. Elle ressortit. Elle verrouilla la porte. Et elle redescendit.

A manger !

Il y avait un bol de l'épaisse soupe de Frau Wenzel, deux tranches de pain, une pomme et un verre d'eau.

Je dévorai à pleines dents et sans manière. Je parlai même la bouche pleine. En m'adressant à l'homme de bois, évidemment. Il s'en fichait.

Je n'avais pas encore fini ma soupe lorsque je fis une découverte étonnante. Ma cuillère heurta un objet métallique au fond du bol. Je le poussai sur le côté pour le récupérer, mais il retomba dans la soupe. J'eus quand même le temps de voir qu'il s'agissait d'une clé ! A l'aide d'une tranche de pain, je réussis à la sortir du bol et je la suçai pour l'essuyer. Hildi ! Ce ne pouvait être qu'elle ! Je la bénis, et je bénis également Herr Woodenkopf[1] car il m'avait porté chance.

Prudente, je décidai de finir ma soupe avant de m'évader. (Inutile de gâcher.) Entraînée par Miss Davenport à prévoir les cas d'urgence, je m'interdis de manger le pain et la pomme. Je séchai le morceau de pain que j'avais trempé dans la soupe pour récupérer la clé (avec le bas d'une des vieilles robes) et je le mis dans ma poche avec la pomme, pour plus tard. Puis, comme plus rien ne me retenait dans cet endroit, je m'en allai.

Mais ce n'était pas aussi simple que ça. Je me dis que je ferais bien d'emporter quelque chose de chaud si je ne voulais pas mourir gelée dans la forêt, et je m'enveloppai dans la robe la plus épaisse. Je ne pouvais pas non plus (même si, d'un point de vue pratique, j'aurai dû) abandonner Herr Woodenkopf. Il m'avait porté chance. Et il me remontait le moral. Dans le pire

1. Tête en bois (N.d.T.)

des cas, je pourrais toujours le lancer sur oncle Heinrich. Alors, je le pris sous le bras, avec la perruque, et nous ouvrîmes la porte tout doucement, en tendant l'oreille. Nous la refermâmes derrière nous avec fébrilité et nous descendîmes.

Ce fut le plus long trajet de ma vie.

Le bureau d'oncle Heinrich se trouvait juste audessus, et Herr Plörnischer ou lui pouvaient monter ou descendre l'escalier à tout moment ; Frau Muller pouvait venir rechercher le plateau ; un domestique pouvait traverser le vestibule. J'atteignis la porte voûtée du rez-de-chaussée ; mon cœur battait au moins aussi fort que le tam-tam des Peaux-Rouges dans *Martha, ou la jeune fille des bois*. Je l'entendais très nettement. Herr Woodenkopf, appuyé contre ma poitrine, sa perruque tombant sur l'œil, l'entendait encore mieux, mais cela ne l'empêchait pas de me protéger, car il n'y avait personne dans le vestibule. A l'exception du feu qui flamboyait dans la cheminée, tout était noir.

Je retardais le moment fatidique, mais tôt ou tard il faudrait que je traverse le vestibule. Ayant rassemblé tout mon courage, je courus à toutes jambes, comme une souris, vers la grande porte, en priant Herr Woodenkopf pour qu'elle ne soit par fermée à clé... Elle était ouverte ! Je sortis, traversai la cour, franchis le portail et dévalai le chemin aussi vite que le vent.

Oh, quel froid ! La robe que j'avais choisie parmi ce tas de vêtements miteux gonflait et m'empêchait de marcher, mais je bénissais l'épaisseur de son étoffe. Trois fois, je trébuchai, roulai sur moi-même, me relevai aussitôt et repartis en courant. Il avait cessé de neiger depuis quelques heures et je pouvais suivre les traces imprimées dans la neige. Ayant dépassé la moitié du chemin qui descendait vers le village, je m'arrêtai pour reprendre mon souffle.

Et je vis, plus bas dans la pente, mais montant vers moi sans le moindre doute, un homme !

Aussitôt, je me jetai sur le bas-côté et restai cachée jusqu'à ce qu'il soit passé. Je ne le connaissais pas et je trouvai qu'il avait l'air sympathique, même si je ne distinguai pas bien ses traits. Mais s'il se rendait au château, je ne voulais pas avoir affaire à lui. J'osai à peine respirer jusqu'à ce qu'il ait disparu et, lorsque je repartis, je m'interdis de courir. Je tremblais comme une feuille et mes dents claquaient si fort que je dus mordre dans un morceau de pain pour les empêcher de faire autant de bruit. Mais elles le mangèrent sans se poser de question. Elles mangèrent également le morceau de pain suivant, et le suivant.

S'il y a parmi mes lecteurs des fugitifs (j'espère que non), ils me comprendront quand je dis que chaque buisson, chaque arbre, chaque rocher semblait cacher un ennemi prêt à bondir. Qu'un millier d'esprits maléfiques étaient perchés dans les branches, tels des oiseaux malfaisants, avec leurs yeux perçants qui m'observaient. Et que cette petite silhouette noire devant moi, immobile et sinistre, absorbée par un but inavouable, m'hypnotisait et me vidait de mes forces ; le capuchon rabattu sur sa tête masquait sûrement un visage d'une telle laideur et d'une telle cruauté inhumaine que les mots ne pouvaient les décrire. Quand elle s'avança vers moi en savourant avec un plaisir morbide la peur qu'elle inspirait, leva ses bras maigres (était-ce un squelette ?) et se mit à courir en poussant des cris de triomphe... je ne pus m'empêcher de courir moi aussi, en poussant des cris d'une tout autre nature.

Mais ce fantôme épouvantable m'appela par mon prénom et me cria :

– Arrête-toi !

Il avait la voix de ma sœur Lucy...

Je me retournai, sans oser y croire. Et pourtant, c'était vrai.

– Lucy !

– Charlotte !

– Non, ce n'est pas toi... c'est un esprit...

– Que s'est-il passé ? Où étais-tu ?

– Chut, chut ! Les bois sont remplis d'esprits malfaisants...

– Mais où... ?

– Qu'est-ce que... ?

– Comment... ?

– Quand... ?

Et ainsi de suite. Pendant ce temps, Lucy mangea le reste de mon pain et nous partageâmes la pomme. Assis entre nous deux, Herr Woodenkopf surveillait la route. Après s'être enfuie du poste de police, Lucy ne savait plus quoi faire. Elle avait erré dans le village, sans oser frapper aux portes, de peur que les habitants ne la remettent au sergent Haupiff... ou à oncle

Heinrich. En désespoir de cause, renonçant à trouver un abri, elle avait pris le chemin de la forêt avec l'intention de retrouver le refuge de montagne (comme cet endroit nous semblait douillet, sec et accueillant maintenant ! Si loin de tout, à l'abri. Quelles idiotes nous avions été de l'abandonner !), mais elle s'était retrouvée sur le chemin obscur, face à un spectre terrifiant vêtu d'une tunique antique qui traînait derrière lui et, comble de l'horreur, qui portait sa tête sous le bras !

Comment avait-elle fait alors pour ne pas prendre ses jambes à son cou, ni elle ni moi ne pouvions l'expliquer. Mais maintenant que Lucy avait fait la connaissance de Herr Woodenkopf, elle reconnaissait volontiers qu'il n'avait rien d'effrayant, et il offrait le grand avantage de ne pas réclamer à manger.

– Il va falloir retourner au refuge, dit Lucy. C'est le seul endroit sûr. On doit encore tenir toute la journée de demain et, ensuite, il ne pourra plus nous emmener dans son pavillon de chasse, car Zamiel sera reparti…

– Chut ! Ne prononce pas son nom ! Je parie que ça porte malheur.

– Quoi qu'il en soit, on n'a plus qu'un jour à rester cachées.

– Et une nuit. C'est le moment le plus important.

– Oui. Un jour et une nuit, dit Lucy en se frayant un chemin à travers les buissons enneigés qui poussaient au bord du chemin. Je suis sûre que le ruisseau est quelque part par-là. On ne va pas tarder à le traverser.

Je la suivis, serrant Herr Woodenkopf contre moi.

– Lucy…, haletai-je en essayant de la rattraper, on ne pourra jamais retourner au château.

– Bien sûr que si, répondit-elle.

Mais elle ne semblait pas très convaincue.

– Imagine ce qu'il va nous faire ! Rien ni personne ne pourra l'en empêcher ! Il sera dans une rage folle… Oh, Lucy, je ne veux pas retourner là-bas. Je veux partir loin, pour toujours !

Elle s'arrêta.

– Moi aussi, je crois, dit-elle. Très bien. Allons-nous-en. Nous franchirons les montagnes pour passer dans la vallée voisine et ensuite… nous continuerons.

La perspective de retrouver notre indépendance était si grisante que, pendant un instant, j'en oubliai le froid. C'est ainsi que, orphelines fugitives, nous nous enfonçâmes dans la forêt, vers la liberté… ou la mort.

Le récit de Max Grindoff

Comme je ne suis pas très doué avec une plume, je raconte tout ça à une jeune personne qui écrit à ma place. Il faut que je mette de l'ordre dans mes pensées. Ce n'est pas facile. Quand on m'a arrêté à Genève parce que je n'avais pas de pantalon, alors que ce n'était pas de ma faute, j'ai eu le même problème. Je suis un homme sociable, j'aime bien boire une bière, fumer une pipe et raconter une bonne histoire. On dit d'ailleurs que je n'ai pas mon pareil pour les histoires à dormir debout – *Les Étranges Passagers que j'ai connus, Le Revenant du col de Brenne, La Nonne ivre, Mes expériences au régiment,* et toutes sortes de choses encore. Mais quand j'étais assis dans ce cachot glacé, avec des chaînes aux pieds, et qu'il a fallu que je raconte ma triste mésaventure à une personne âgée qui louchait et reniflait, et qui devait tout noter par écrit pour le tribunal, j'ai trouvé ça très difficile. Comme maintenant. D'ailleurs, la jeune personne m'a demandé de continuer et de cesser de perdre du temps. Mais j'aimerais savoir par où je dois commencer.

Il me semble qu'une histoire, c'est comme une horloge, il faut la remonter un peu pour qu'elle démarre correctement.

Je vais recommencer. Écoutez ça :

J'ai beaucoup d'admiration pour Miss Davenport. C'est une femme qui a énormément de force et de courage. Mais à cause de sa force de caractère, justement, je n'ai pas pu la raisonner et la convaincre que c'était pas une bonne idée de m'envoyer au château.

C'était pas une bonne idée, car je ne suis pas très doué pour toutes ces choses où il faut être beau parleur et savoir y faire. Mon maître, le docteur Cadaverezzi, il aurait fait ça sans problème, il était malin comme un singe. Je me souviens encore comment il est sorti de prison, quand on s'est connu. J'avais jamais vu ça de ma vie. Je vais vous raconter ce qu'il a fait.

La jeune personne me fait les gros yeux. Elle dit que je dois continuer.

C'est aussi ce que j'aurais dû faire à ce moment-là. Mais je ne l'ai pas fait, vu que j'ai eu une autre idée, alors que je m'étais éloigné en direction du château.

Mon idée, c'était tout simplement de faire demi-tour, de retourner au village et de tout raconter au docteur. Je savais ce qu'il aurait fait. Il aurait haussé les sourcils, comme pour dire : « Hein ? Une petite histoire comme ça ? Rien de plus facile ! » Il aurait pris son menton dans sa main, en plissant le front, et il aurait dit : « Mais il y a certaines complications qui la rendent intéressante. » Sur ce, il m'aurait congédié pour y réfléchir, pendant que je serais allé raconter une histoire au bistrot ou astiquer le cabinet pour que ça brille ou réparer le Diable volant (un enquiquineur de première, celui-là, je peux vous le dire. Il avait un ressort dans le postérieur, bloqué par un loquet, et il jaillissait du cabinet comme une fusée. Mais il n'en faisait qu'à sa tête, ce sale petit… Je me souviens d'une fois, à Bâle, pendant une représentation…)

Oui, oui, d'accord, je continue. J'en étais où ?

Ah oui, je cherchais le docteur, c'est ça.

Alors, je fais demi-tour et je retourne au village… Et là, qu'est-ce que je trouve ? Le tumulte ! Une émeute ! Les gens criaient au feu, la foule se bousculait dans les rues devant le Joyeux Chasseur. Attention, le mot « rue » n'a pas le même sens qu'à Bâle ou à Genève. A Genève, quand vous dites « rue », c'est une vraie rue. Ici, c'est juste un chemin, en fait. Bref, j'accoste un gars qui sortait de l'auberge, un type du genre débrouillard avec une bouteille pleine à la main, et je lui demande ce qui s'est passé. J'étais pas franchement inquiet au sujet du docteur Cadaverezzi, je savais bien qu'il aurait pu s'échapper de l'arche de Noé en plein Déluge, s'il avait voulu, mais quand même…

– Ah, z'auriez dû voir ça ! s'exclame le type. Le diable en personne a jailli du sol !

– Continuez, je lui dis en reluquant la bouteille.

– Y'avait de la fumée et du soufre partout, des ressorts, avec des cornes et des moustaches… et cette petite gamine qui était là, en plein milieu. Une princesse ! Ah, z'auriez dû voir ça…

Une princesse ? Y'avait jamais eu de princesse dans le cabinet, je me disais.

Sur ce, un petit bonhomme grassouillet, avec une plume à son chapeau, hoche la tête d'un air solennel et dit :

– Oui, je l'ai vu. J'ai vu le diable ! Il était bien là, et il faisait signe au docteur Cadaverezzi avec son long doigt crochu... Soudain, une trappe s'est ouverte dans le sol... je l'ai vue... avec une lumière rouge et de la fumée qui en sortaient... et le diable a emporté le docteur Cadaverezzi et la princesse en enfer en éclatant de rire...

– Et l'incendie ? je lui demande.

– Toute l'auberge était en feu ! s'exclame le petit gros.

– Absolument pas, intervient un gars tout maigre et lugubre, habillé de vert. C'était que de la fumée.

– Oui, la fumée de l'enfer ! ajoute le type à la bouteille.

Et ainsi de suite. Ces gens de la campagne, ils sont comme des gamins. Je voyais bien que j'arriverais à rien avec ces gars qui se contredisaient et qui lançaient une nouvelle rumeur dès qu'ils avaient fini d'avaler la précédente.

La grande question était : où se trouve le docteur ?

Personne ne l'avait revu depuis que quelqu'un avait crié « Au feu ! » la première fois. Il s'était volatilisé, comme la princesse. Je savais pas qui c'était, mais elle apparaissait dans toutes les histoires qu'on me racontait.

Entre-temps, on était retourné à l'intérieur du Joyeux Chasseur, et j'étais installé bien douillettement près de la cheminée devant une chope de bière et une demi-douzaine de saucisses (mais cette fois, je faisais attention à ce qu'elles restent dans mon assiette... jusqu'à ce que je les mange, évidemment.) Un type qui avait l'air sensé racontait comment il avait vu la gamine, la princesse, essayer d'échapper à un petit bonhomme mielleux qui la retenait, et il n'aimait pas du tout son air... Je veux dire que le type sensé n'aimait pas du tout l'air du bonhomme mielleux, alors il lui avait versé une chope de bière dans le cou pour l'obliger à lâcher la fille.

– Bien joué ! je lui fais. Voilà un noble geste. Sacrifier sa bière comme ça...

– Ma bière ? qu'il me répond. Et puis quoi, encore ? Jamais je renverserai ma bière en le faisant exprès ! J'ai pris la chope de mon voisin.

Je vous avais bien dit qu'il avait l'air d'avoir la tête sur les épaules.

Mais toute cette histoire, ça m'a fait réfléchir. Une princesse qui sort de nulle part et une fillette qui a disparu (deux, en fait, mais une suffira pour le moment). Un oncle qui tient absolument à la retrouver car il a une sinistre idée en tête, et un bonhomme à l'air mielleux qui retient la princesse...

Est-ce que ce bonhomme mielleux, ce serait l'oncle ? J'ai jamais eu d'oncle, alors je ne peux pas parler par expérience, mais en observant les oncles des autres, je peux dire qu'il y en a de deux sortes : les gros joviaux et les maigres méchants. Je n'ai jamais entendu parler d'un oncle mielleux... y a un truc qui cloche. Mais quand même, supposons que cette princesse, ce soit une des deux fillettes ?

Oh, je ne suis pas un imbécile. Je ne suis pas fou.

Alors… si la princesse se trouvait ici y a pas longtemps, elle devait pas être très loin.

Alors… si je cherchais la princesse, je pouvais peut-être trouver une fillette disparue.

Ou bien… si je cherchais le docteur, je pouvais peut-être trouver la princesse.

Ou bien… si je cherchais la fillette disparue, je pouvais peut-être trouver le docteur.

Très simple !

J'ai terminé mes saucisses et ma bière et je me suis mis en route. Et, au bout de cinq minutes, je suis tombé sur deux lascars qui avaient eu la même idée que moi.

Sur la place du village, il y a une grande maison qui appartient au maire. C'est une de ces vieilles constructions en bois sculpté, avec des avant-toits imposants mais, surtout, il y avait de la lumière à une des fenêtres. Et cette lumière éclairait le jardin de devant et une partie de la maison voisine. Entre les deux maisons, il y avait une sorte de ruelle, et alors que j'étais sur le pont à frissonner et à me demander si ça valait le coup d'aller jeter un œil de l'autre côté de la rivière, j'ai cru voir un mouvement dans cette ruelle.

On aurait dit que quelqu'un venait de s'y faufiler, subrepticement. J'avais aperçu la toute fin d'un mouvement. C'est lui ! je me suis dit. C'est le docteur. Alors, j'ai marché vers lui. Mais sans faire de bruit. J'ai un casier judiciaire maintenant et, quand vous êtes un criminel reconnu, même si c'est juste pour une histoire de pantalon déchiré, vous avez intérêt à ne pas vous faire prendre ou sinon, c'est la peine maximum et inutile de discuter. Alors, j'ai avancé discrètement. Et grand bien m'en a pris.

Ayant atteint le jardin de la maison du maire, je m'apprêtais à tourner dans la ruelle quand j'ai entendu des chuchotements. La nuit était calme, impossible de se méprendre. Et c'était pas la voix de Cadaverezzi.

Je me suis accroupi derrière un buisson, en faisant bien attention. Et voici ce que j'ai entendu.

Le premier type a dit :

– Jamais je n'ai vu pareil idiot ! Vous n'aviez qu'à la tenir… vous l'aviez entre vos mains. Et vous l'avez laissée filer !

Le deuxième type a répondu :

– Je suis navré, comte Karlstein. Je vous demande sincèrement et humblement pardon, monsieur. Mais… (Atchoum !)… mais quelqu'un a renversé une chope de bière dans mon cou, monsieur, et… (Re-atchoum !)… étant donné que j'ai déjà failli me noyer aujourd'hui, monsieur, j'ai cédé momentanément à la panique en pensant que cet horrible incident allait se reproduire. J'ai lâché la fille dans l'unique but de sauver ma vie… C'était une réaction instinctive, monsieur le comte, purement instinctive et incontrôlable.

Il s'agissait donc de ce type mielleux, celui du Joyeux Chasseur, dont m'avait parlé l'homme à l'air sensé ! Et l'autre… Il l'avait appelé comte Karlstein ! Je tendais les oreilles au maximum pour entendre, comme si elles se dressaient sur la pointe des pieds.

– Nous devons la retrouver, Plörnischer, dit le comte. Et par tous les diables, si vous l'avez de nouveau entre les mains, je vous conseille de ne pas la lâcher cette fois, même si une avalanche vous tombe sur la tête. C'est bien compris ?

– Oh, oui ! Oui, parfaitement ! Oui, monsieur le comte. C'est… (éternuement)… c'est très clair. Mais… pardonnez-moi, monsieur le comte, nous en avons récupéré une, n'est-ce pas ? Dès lors, si je puis me permettre, pourquoi avons-nous besoin de la deuxième, si je peux oser cette question ?

– Je connais bien Zamiel, il ne se contentera pas d'une seule. Il exigera un repas complet, pas un en-cas. Un adulte pourrait suffire, mais pas une petite fille. Évidemment, je pourrais très bien vous laisser là-bas, Plörnischer.

– Non ! Non ! Vous ne feriez pas ça ! Oh… Ha ! ha ! ha, quel humour, monsieur le comte ! Me laisser là-bas ?… Elle est bien bonne !

– Si vous ne la retrouvez pas, dit le comte Karlstein, nous serons bien obligés de laisser quelqu'un d'autre.

– Puis-je me permettre de suggérer… (Atchoum !)… une certaine jeune fille du village ? Je pense plus particulièrement, monsieur, à cette domestique… (Re-atchoum !)… La dénommée Hildi Kelmar.

– Une sale petite fouineuse. Je l'ai congédiée cet après-midi même. Où est-elle maintenant ?

– A l'auberge du Joyeux Chasseur, monsieur le comte. Si je ne m'abuse, c'est elle qui a crié au feu durant le spectacle, pour notre plus grand embarras. (Re-re-atchoum !)

– Une faiseuse d'histoires, hein ? Personne ne la regrettera dans ce cas. Ce n'est pas une mauvaise idée, Plörnischer...

Cette conversation n'aurait eu aucun sens pour beaucoup de gens. Je suis sûr, par exemple, qu'elle n'en aurait eu aucun pour le grand Cadaverezzi lui-même. Mais pour moi, ça voulait dire beaucoup de choses, car j'ai été élevé par les nourrices les plus craintives et les plus superstitieuses qui aient jamais existé. Je suis orphelin, voyez-vous et, dans l'orphelinat de Genève, il y avait une vieille femme nommée Maria Neumann, responsable de tous les jeunes vauriens qui vivaient là. Elle était incapable de nous surveiller tous, la pauvre. On semait la pagaille. La seule façon qu'elle avait de nous obliger à obéir, c'était de nous menacer avec le diable chasseur, le grand et redoutable Zamiel, le prince des montagnes sur son cheval noir, avec sa meute de chiens lumineux et ses squelettes en guise de piqueurs. On la bouclait aussitôt. Elle faisait claquer ses vieilles lèvres en nous imaginant, nous autres jeunes voyous, traqués par ces bêtes féroces, et cela nous glaçait le sang. Aujourd'hui encore, ça me fait frissonner, un peu. En tout cas, caché derrière ce buisson pour espionner ces deux crapules qui mijotaient un vilain tour, ça m'a fichu un sacré coup d'entendre le nom de Zamiel.

Le type mielleux a éternué encore une fois, et le comte est sorti de la ruelle en premier. Il est passé à moins d'un mètre de moi, et je l'ai bien vu : un bonhomme mince et nerveux, avec un air vorace et tourmenté (maintenant que j'y repense, je me demande s'il ne rongeait pas le pommeau de sa canne) et des yeux dont on ne voyait que le blanc, comme si une chose lui pressait et lui asséchait le cœur, faisant saillir ses yeux de ses orbites. Je l'ai regardé s'éloigner à grandes enjambées, puis je suis sorti de derrière mon buisson pour suivre le type à l'air mielleux. J'espérais qu'il se dirigerait vers la rivière, ce qu'il a fait. Surgissant près du pont, je lui ai fait signe d'approcher.

– Chut ! j'ai murmuré en mettant mon doigt sur mes lèvres.

Il s'est avancé sur la pointe des pieds, telle une cigogne en pantoufles.

– Qu'y a-t-il ?

– Là, en bas... Chut !

– Quoi donc ?

Il s'est penché au-dessus du parapet.

– Là, dans l'ombre, j'ai murmuré.

– Quoi ? Quoi ?

– Il y a quelqu'un qui bouge... Regardez... Penchez-vous un peu plus...

Il s'est penché et je l'ai poussé. Bien fait pour lui ! Je l'ai laissé brailler et patauger pendant un petit moment, puis je me suis mis à hurler à mon tour pour lui faire croire qu'il était en train de se noyer et qu'il était emporté par le courant. Ensuite, je suis descendu sur la rive pour le sortir de l'eau. Il avait pris un bon bain et il commençait à faire des bulles. Je l'ai allongé sur un rocher bien pointu et je me suis agenouillé sur lui pour faire sortir l'eau de ses poumons, comme je le lui ai expliqué, et il s'est mis à brailler de plus belle jusqu'à ce que des fenêtres s'ouvrent pour laisser apparaître des visages endormis qui nous ont fait savoir en termes imagés ce qu'ils pensaient de tout ça.

– Vous les avez vus ? j'ai demandé.

– Vus... qu... qu... qui ? (Atchoum ! Atchoum ! Atchoum !)

– Un type avec une tête d'Italien et une fillette. Ils longeaient la rivière en se cachant. A mon avis, ils mijotaient un sale coup.

– P... P... Par où sont-ils allés (Atchoum ! Atchoum !)

J'ai tendu le doigt au hasard, et il s'est aussitôt élancé à leur poursuite en dégoulinant, en éternuant, en faisant flic flac et en frissonnant. Il était pathétique, évidemment, mais je ne pouvais pas m'empêcher d'avoir un peu peur de cette chose qui poussait un avorton aussi chétif, trempé comme une soupe, à courir partout en cette nuit d'hiver pour exécuter les ordres de son maître au mépris de son propre confort. Nul doute qu'il s'agissait d'une motivation puissante et, au lieu de me moquer de lui, j'éprouvais une certaine peur, comme je l'ai dit.

Eh oui, Max Grindoff n'a pas honte de l'avouer. Il m'arrive d'avoir peur. Et j'ai eu encore plus peur que ça avant la fin de cette histoire.

Bref, je repensais à ce qu'avaient dit ces deux types, là-bas dans la ruelle, au sujet de la fille de l'auberge, Hildi, comme quoi ils voulaient la donner au diable chasseur à la place de la princesse s'ils ne la retrouvaient pas. Et je me disais : « Le Joyeux Chasseur t'attend, mon vieux. Une petite goutte de brandy serait la bienvenue. »

Bon, ça ira comme ça pour l'instant. Faut que je cède la place à quelqu'un d'autre, pour que la jeune personne puisse poser sa plume et se reposer un peu.

Le récit de Hildi
(suite)

Je devais d'abord affronter maman. Elle n'était pas en colère, ce qui aurait été terrible, elle se sentait juste humiliée et triste.

– Pourquoi as-tu fait ça ? me demanda-t-elle. J'attendais avec impatience ce petit spectacle et tu as tout gâché ! Je ne te comprends pas, Hildi. Parfois, tu ne vaux pas mieux que Peter. Franchement, je ne sais pas...

Elle se laissa tomber sur une chaise près de la table de la cuisine et se tamponna les yeux avec le coin de son tablier. Elle paraissait beaucoup plus vieille tout à coup, fatiguée et abattue. Je ne trouvais rien à dire pour la réconforter et il y avait un monceau de vaisselle à débarrasser. Le vieux Conrad, le barman, était toujours là, car deux ou trois clients s'attardaient, ils échangeant des histoires, vantant leurs tableaux de chasse, et tout le monde semblait avoir oublié le fouillis de chopes, de verres et d'assiettes sales sur les tables. Je me sentais vidée, inquiète, sans amis, sans espoir... sans rien du tout.

Puis, juste au moment où je repartais vers la cuisine, les bras chargés d'assiettes et de chopes, la porte de l'auberge s'ouvrit et le domestique du docteur Cadaverezzi, le prénommé Max, entra. Je le regardai d'un air étonné, mais ce qu'il y avait de plus surprenant c'était qu'il semblait s'attendre à me voir ici.

– Est-ce que je peux vous parler en privé ? me demanda-t-il à voix basse pour que les derniers clients éméchés ne l'entendent pas.

– Venez dans la cuisine, dis-je.

Maman était partie se coucher. Je déposai les chopes et les assiettes sur la table et, en relevant la tête, je le surpris en train de jeter un coup d'œil par la porte de derrière.

– Que faites-vous ? demandai-je. Il n'y a personne dehors !

– On n'est jamais trop prudent, me répondit-il. Vous allez faire la vaisselle ?

– Oui, s'il y a de l'eau chaude.

– Je vais vous donner un coup de main. Allons chercher toutes les assiettes dans la salle. Comme ça, après, on pourra parler tranquillement. C'est important. Sinon, je ne vous le demanderais pas.

C'est ce que nous fîmes. Après que j'eus inspecté la chaudière pour voir s'il restait de l'eau chaude, qu'il l'eut remplie pour moi avec l'eau du puits pendant que je commençais la vaisselle, il trouva un torchon et, debout près de moi dans l'arrière-cuisine éclairée à la bougie, me raconta tout ce qu'il savait. Il travaillait bien : rapidement, efficacement et proprement. Il me plaisait de plus en plus. Il empilait les assiettes avec soin et essuyait énergiquement les couverts.

Je l'écoutai sans l'interrompre et, lorsqu'à mon tour je lui racontai tout ce que je savais, il se montra tout aussi attentif. En entendant que le comte Karlstein avait l'intention de *me* livrer à Zamiel s'il ne retrouvait pas Lucy, je tremblai de peur ; mais en apprenant que Max avait infligé à Plörnischer le même traitement que moi, j'éclatai de rire.

– Pour résumer, dit-il, alors que nous étions assis devant le feu après avoir achevé notre tâche, nous savons où est Miss Davenport et nous croyons savoir où est Miss Charlotte, mais nous ignorons où sont Miss Lucy et le docteur Cadaverezzi. Miss Davenport ne sait pas où est Miss Lucy, le docteur Cadaverezzi ignore où je me trouve et aucune des deux fillettes ne sait que Miss Davenport est ici et que le comte Karlstein rôde encore quelque part dans le village, et…

– Je suis perdue, avouai-je. Le plus important, c'est de découvrir si Charlotte a réussi à s'échapper.

– Pourquoi ? Je croyais que vous aviez caché la clé dans sa soupe. A l'heure qu'il est, je parie qu'elle a fichu le camp.

– Hélas, Frau Muller m'a surprise dans ses appartements, le plateau à la main… Elle a peut-être deviné ce que je mijotais et découvert la clé ! Ou bien Charlotte s'est fait prendre en voulant s'enfuir !

– Hmm. Quoi qu'il en soit, je pense qu'on devrait

d'abord retrouver Lucy. C'est le plus important, à mon avis. Parce que…

– Non. Elle est libre, au moins. Cela veut dire que le comte Karlstein ne peut rien lui faire. Mais la pauvre Charlotte se trouve peut-être toujours dans la tour. Il faut la faire sortir…

– Il faut retrouver le docteur Cadaverezzi…

– Il faut éviter le comte…

– Il faut s'introduire dans le château…

– Il faut monter au refuge…

– Il faut aller voir Miss Davenport, déclarâmes-nous en chœur.

Nous nous regardâmes par-dessus la vieille table de cuisine, éclairés par la petite bougie vacillante et les dernières braises du feu qui agonisait dans la cheminée ; nos mains se tendirent l'une vers l'autre et se serrèrent de manière solennelle.

– Maintenant ? demanda-t-il.

– Maintenant, dis-je.

Je pris mon manteau, m'en enveloppai et nous partîmes. Le village était endormi ; l'unique lumière provenait de la fenêtre de l'auberge et, lorsque je me retournai, je la vis faiblir puis s'éteindre. Le vieux Conrad fermait le bar.

Le trajet jusqu'à la cabane du bûcheron nous prit presque une heure. Au début, Max parlait gaiement, mais même lui ne put continuer longtemps. La fatigue et l'appréhension eurent vite raison de moi. Nous finîmes par nous résoudre à poursuivre notre pénible chemin en silence ; seuls le crissement de nos pas dans la neige et parfois le cri d'une chouette venaient briser le calme immense de la forêt.

Alors que nous approchions de la cabane, je m'arrêtai pour scruter les alentours. Un chemin partait sur la gauche, mais impossible de le discerner si vous ne connaissiez pas son existence. Alors que nous nous frayions un passage au milieu des fourrés denses et des buissons enneigés, j'aperçus soudain la lueur d'un petit feu de camp. Nous étions arrivés.

Mais il n'y avait personne. La cabane était vide.

– Où est-elle allée ? demanda Max.

– Elle n'est sûrement pas partie depuis longtemps, car le feu serait éteint, fis-je remarquer. Regardez, les bûches sont à peine consumées.

Max prit une branche enflammée et, la tenant à la manière d'une torche, il glissa la tête à l'intérieur de la cabane.

– Il n'y a personne, déclara-t-il en ressortant. Mais toutes ses affaires sont là : son nécessaire de voyage, sa tente et tout le reste.

Il brandit le tison au-dessus de sa tête pour regarder autour de lui.

Soudain, sans crier gare, un coup de feu retentit au milieu des arbres, tout près ; si près que je vis l'étincelle de la poudre en même temps que j'entendis la détonation. La branche que Max tenait dans sa main s'envola dans les airs en tournoyant comme une fusée de feu d'artifice et retomba dans le ruisseau derrière lui avec un grésillement. Dans le silence assourdissant qui suivit, j'entendis très distinctement un petit déclic.

Mon frère Peter était chasseur ; j'étais habituée à entendre des coups de fusil depuis ma plus tendre enfance, et je connaissais bien ce son. C'était le bruit que faisait un chien lorsqu'on l'armait pour frapper la pierre d'une arme à feu. Celui qui avait tiré se préparait à recommencer et il ne pouvait rêver de meilleures cibles que Max et moi.

Le récit de Miss Augusta Davenport (suite)

Un jour, j'en suis convaincue, on enseignera aux jeunes filles à faire un feu, à capturer des animaux sauvages, à les dépecer et à les faire cuire, comme on leur apprend aujourd'hui à peindre des aquarelles et à roucouler des chansonnettes idiotes en s'accompagnant au piano. D'après mon expérience, je peux affirmer qu'elles font ces deux choses de manière exécrable. Dans mon école de Cheltenham, j'ai essayé de leur insuffler le goût de l'aventure et de l'initiative, sans grand succès j'en ai peur. Qui peut lutter contre la mode ? Or, de nos jours, la mode veut que les jeunes filles aient l'air fragile, qu'elles languissent, se pâment, poussent de petits couinements de joie quand elles sont contentes et s'évanouissent quand elles sont contrariées. Il n'y a pas plus ridicule que le spectacle d'une robuste jeune fille de quinze ou seize ans, au teint vermeil, qui tente de jouer les frêles héroïnes romantiques. Mais elles le font quand même ; rien ne peut les convaincre qu'elles sont ridicules, elles refusent d'entendre raison car c'est la mode. Alors j'attends, en faisant appel à toute ma patience, que la mode change, comme le vent tourne. Quand ce jour viendra, puisse Augusta Davenport être toujours de ce monde pour saluer sa naissance !

Eliza, ma domestique, en est un parfait exemple. Après le départ de son fiancé, Max Grindoff, elle est devenue de plus en plus nerveuse à chaque minute qui passait. Il était très instructif de l'observer, ou du moins, cela l'aurait été si j'avais pu la voir. Mais l'obscurité était un élément essentiel, évidemment. Je dus me contenter d'écouter ses remarques : « Miss Davenport, vous croyez aux fantômes ? » ; « Oh, Miss Davenport ! J'ai entendu un esprit… J'en suis sûre ! » ; « Miss Davenport, vous avez vu cette horrible forme noire qui court entre les arbres ? » ; « Oh, Miss Davenport ! Quel bruit épouvantable ! » (C'était une chouette, bien entendu, mais elle ne m'aurait pas crue.) ; « Miss Davenport ! Une chauve-souris ! Je vous assure ! Oh, oh ! Vous croyez que c'est un vampire ? » ; « Écoutez, Miss Davenport ! Vous entendez les loups ? Je suis sûre que ce sont des loups… ».

Le temps que nous arrivions à destination, elle était quasiment morte de peur. Pas une peur véritable, bien entendu, car elle avait assez bon cœur pour affronter courageusement un véritable danger s'il se présentait, mais une peur imaginaire, une peur à la mode. Inutile de se moquer d'elle. Toutefois, quand nous atteignîmes la cabane du bûcheron, je lui ordonnai de ramasser du bois et d'allumer un feu pendant que je partais explorer les alentours. C'est toujours un exercice bénéfique.

Un jour, au Turkestan, alors que j'étais sur le point de mourir de faim, j'ai surpris et abattu une chèvre sauvage dans de pareilles circonstances. Elle était dure sous la dent, mais elle m'a sauvé la vie.

Hélas, rien d'aussi nourrissant ne se présenta ce soir-là et, en regagnant le campement, je trouvai une Eliza tétanisée par la terreur. Je crains d'avoir fait preuve alors d'un certain agacement et de lui avoir parlé d'un ton sec.

– Ressaisis-toi, Eliza ! Cesse donc de gémir ! Qu'est-ce qui t'arrive ?

– Oh, Miss Davenport, je les ai entendues ! Elles étaient là, toutes les deux. Leurs pauvres petits fantômes dérivaient au milieu des arbres !

– De quoi parles-tu ?

– Les deux petites filles, miss !

– Lucy et Charlotte ? Tu es sûre ?

– Elles n'étaient pas vivantes, miss ! C'étaient des esprits ! Des fantômes ! Chassées dans la nuit, sans pouvoir se reposer nulle part, à cause d'une malédiction qui les poursuit jusqu'au bout du monde ! Et...

– Quoi encore ?

– Une des deux tenait sa tête dans ses bras...

– *Hein ?*

– Elle était décapitée... Oh, c'était terrifiant, Miss Davenport... Une petite fille qui tient sa propre tête... Le col de son manteau était remonté autour de son pauvre cou nu... Je ne voyais aucune tête sur ses épaules, mais elle était là... dans ses bras... Oh, je n'oublierai jamais ce spectacle, jusqu'à la fin de mes jours...

Je crus pendant un instant que cette fille avait perdu la raison. Des fantômes qui se promènent avec leur tête sous le bras ! Il devait exister une explication logique et naturelle. Je poussai mon interrogatoire.

D'après ses réponses, il apparaissait que deux personnes – les fillettes, peut-être – étaient passées devant la cabane cinq minutes plus tôt. De toute évidence, nous devions les suivre et les retrouver. Je pris mes pistolets, les deux, et me mis en route. Eliza m'emboîta le pas, toujours apeurée.

Bien évidemment, nous ne retrouvâmes pas leurs traces. De la neige en abondance, une obscurité impénétrable, un excès de végétation, mais pas de fillettes. Déçue, mais nullement étonnée, je repris la direction du campement... et c'est alors que j'entendis des voix et que je découvris un vilain personnage qui brandissait une branche enflammée dans le but (crus-je) de mettre le feu à nos affaires. C'était idiot de ma part, je le reconnais, mais je lui tirai dessus, ou plutôt, je tirai sur la branche qu'il tenait dans sa main, puis je me saisis de mon second pistolet, prête à lancer un avertissement plus sévère.

C'est alors qu'Eliza intervint :

– Maxie ! s'exclama-t-elle en s'élançant vers les intrus.

– Eliza ! répondit la voix ravie du dénommé Grindoff.

Quelques secondes plus tard, ils s'étreignaient.

– Tout va bien, Miss Davenport ! lança Eliza, essoufflée. C'est Max !

– C'est ce que je vois, répondis-je. Grindoff, mon

cher, pardon de vous avoir tiré dessus. C'était idiot de ma part. Vous n'êtes pas blessé, j'espère ?

– Surpris, madame, mais pas blessé, déclara-t-il, tandis que je m'avançais vers le campement.

Il y avait là une autre personne : une jeune fille d'environ quatorze ans, enveloppée dans un manteau trop léger. Je l'avais déjà vue, au château des Karlstein, et je l'observais avec une vive curiosité. Grindoff la présenta comme étant Hildi Kelmar, puis il me raconta ce qui s'était passé. La fille se joignit à lui et, dès la première phrase je compris qu'elle faisait un bien meilleur témoin, car elle s'exprimait clairement alors que lui embrouillait tout, elle restait calme alors qu'il s'emportait, et elle était intelligente alors qu'il... l'était moins.

– A ton avis, lui demandai-je, qu'est-il arrivé aux fillettes ?

– A *mon* avis, miss ? Je pense que Miss Charlotte s'est enfuie et qu'elle est descendue au village pour chercher Miss Lucy, je pense qu'elles se sont retrouvées et qu'elles sont remontées au refuge dans la montagne, là où je les avais conduites au départ. Ah, si seulement elles y étaient restées, miss !

– Oui, oui, dis-je. Je suis d'accord. Il a dû se passer quelque chose de ce genre. Quel dommage, Grindoff, que vous ne soyez pas monté au château comme je vous l'avais demandé...

– Je le regrette maintenant, madame. Mais je pensais sincèrement que le docteur Cadaverezzi se débrouillerait mieux que moi.

– Il a tout l'air d'un homme remarquable, en effet, dis-je. (En mon for intérieur je me disais que, s'il était si remarquable, il n'aurait pas exposé Lucy au risque de la faire capturer.) Mais vous dites qu'il a disparu ?

– Volatilisé, madame ! Comme dans son numéro du derviche invisible. Le docteur prend ce petit derviche... c'est un jouet mécanique, en fait, une merveille... et il le fait tournoyer sur une table, et ensuite...

– Oui, oui, très bien. Lorsque le docteur Cadaverezzi sera revenu de la dimension dans laquelle il s'est temporairement dématérialisé, peut-être aura-t-il l'obligeance de nous faire la démonstration du derviche invisible. En attendant, nous n'avons pas d'autre choix, me semble-t-il, que de suivre les fillettes jusqu'au refuge. Est-ce loin d'ici, Hildi ?

– Environ deux heures de marche, miss, me répondit-elle en me regardant d'un air sceptique.

Je compris parfaitement le sens de ce regard. Il disait : « Vous êtes vieille et grosse, vous n'y arriverez jamais. » Je pris cela pour un défi.

– En route, alors, dis-je. Si quelqu'un est fatigué, il ou elle n'est pas obligé de venir. Un volontaire vaut mieux que dix hommes récalcitrants.

J'étais sûre de mon coup. Chacun d'eux partageait l'opinion de Hildi. Par conséquent, chacun d'eux aurait honte de rester là et de me voir partir. Tous les trois se portèrent volontaires pour me suivre.

– Parfait, commentai-je en savourant ma victoire.

Nous atteignîmes le refuge au moment où la lune se couchait. L'aube n'était pas loin, et la petite Hildi s'appuyait sur mon bras (sans s'en apercevoir). C'était un endroit sauvage et désert, au pied des sommets, et un paysage impressionnant s'offrait à nos yeux : un puissant glacier, de vastes étendues de neige immaculée, des parois déchiquetées et des éboulis rocheux. Tout cela était argenté par la lune agonisante et un froid intense nous transperçait comme une lance ; ce n'était pas seulement un froid physique, c'était le froid de la peur. Comment pouvait-on survivre dans cet univers inhospitalier ? Je priais pour que les fillettes aient eu le bon sens de rester à l'intérieur du refuge cette fois, à supposer qu'elles n'aient pas péri en chemin et que nous ne soyons pas passés à côté de leurs cadavres gelés sans les voir.

C'est donc avec une vive inquiétude que j'ouvris la porte, et notre déception, en voyant le refuge inoccupé, fut presque insupportable. Je décidai néanmoins qu'il ne fallait pas désespérer. J'ordonnai à Grindoff et à Eliza de fouiller le refuge. Sans doute ne trouveraient-ils rien mais, au moins, ça les occuperait. Pendant ce temps, munie de mon télescope, je ressortis pour essayer d'apercevoir des traces des fillettes.

Je découvris leurs empreintes de pas dans la neige… mais cela n'était guère surprenant car je savais qu'elles étaient venues ici. Je remarquai également d'autres traces, dont je supposai qu'elles appartenaient à Hildi. Je l'appelai pour qu'elle me le confirme. C'étaient bien les siennes. C'est elle qui me fit remarquer la présence d'autres empreintes, celles des fillettes, tout autour du refuge.

– C'est certainement après mon départ, miss, dit-elle. Elles ont dû sortir pour jeter un coup d'œil aux alentours. Mais elles ne sont pas allées bien loin, on dirait.

En effet, à une certaine distance autour du refuge, le tapis neigeux était intact. A mon grand soulagement, il y avait uniquement leurs empreintes.

Hildi s'était un peu éloignée à flanc de montagne et, soudain, je la vis s'élancer et se baisser en deux pour examiner le sol. Elle se retourna et me fit signe de la rejoindre.

– Qu'y a-t-il ? demandai-je en arrivant à sa hauteur.

Elle n'eut pas besoin de répondre à ma question car, là, se découpant dans la neige, on voyait nettement les deux séries d'empreintes.

– Elles sont parties ! commenta Hildi.

– Vers le sommet, par-dessus le marché. Oh, comme c'est rageant ! Comme c'est rageant !

– Elles ne sont pas parties depuis longtemps, miss.

A cet instant, Eliza sortit du refuge à toutes jambes en brandissant une feuille de papier.

– Regardez ! Regardez, Miss Davenport ! Regardez ce que j'ai trouvé !

C'était un mot et je reconnus l'écriture de Lucy. J'avais essayé, durant tout le temps où on me l'avait confiée, de la convaincre de bien dessiner ses lettres, avec une certaine élégance, mais en vain. Comme beaucoup d'autres personnes, elle croyait à cette idée fausse selon laquelle une belle écriture était synonyme d'ennui, alors que des gribouillis étaient forcément intéressants. Je ne comprends pas ce raisonnement. Encore une question de mode. Je me consolais en me disant que, au moins, je lui avais appris la ponctuation. Le mot disait :

A qui de droit :

Harcelées par le destin, trahies par l'espoir et condamnées à l'exil par la cruauté d'une personne dont nous aurions dû recevoir gentillesse et amitié, nous avons décidé de nous abandonner aux pouvoirs des neiges éternelles, avec la certitude qu'il ne peut y avoir moins de miséricorde parmi les crevasses et les glaciers que parmi les tapisseries et les lambris de notre précédente demeure, le CHÂTEAU KARLSTEIN.

Adieu à tout jamais

Je lus ce message à haute voix tandis que nous étions assis en rond autour du feu, puis je le reposai avec, je dois l'avouer, une grande lassitude.

– A quoi elles jouent ? demanda Grindoff. Je ne comprends pas, miss. A quoi elles essayent d'échapper ?

– Je vous l'ai dit, Max ! s'exclama Hildi. A Zamiel !

Grindoff secoua la tête.

– Je suis vanné, dit-il. Ça m'était complètement sorti de la tête. Comment j'ai pu oublier…

– Zamiel ? questionnai-je. Éclairez-moi, je vous prie.

Hildi s'en chargea. Elle me rapporta tout ce qu'elle avait entendu, puis Grindoff répéta ce que le comte

Karlstein avait dit à son secrétaire, cet individu mielleux et humide, dans la ruelle derrière la maison du maire.

– Je vois, soupirai-je.

Je me rassis et fermai les yeux ; c'était mieux pour réfléchir.

Dans de nombreux coins d'Europe centrale et dans certaines régions de Grande-Bretagne, des légendes parlent de la chasse sauvage. Ainsi, on dit que Windsor Park est hanté par Herne le Chasseur. C'est une ancienne et très intéressante superstition. Une superstition ? Cela signifiait-il que je n'y croyais pas ? Oh, non. Un esprit obtus est un esprit mort. Et même si je n'y croyais pas, le comte Karlstein y croyait, lui, et cette croyance allait lui servir à commettre une action particulièrement malveillante. Je ne voyais aucune raison de supposer qu'il s'agissait de balivernes, et j'en voyais plusieurs de supposer le contraire. Mais pour chaque force malveillante il existait des remèdes… des charmes, des protections, appelez ça comme vous voulez. J'essayai de me souvenir de ce que j'avais lu.

Or une question revenait sans cesse : que faire ? Apparemment, un accord avait été conclu. En échange d'une faveur déjà accordée ou à venir, le comte Karlstein avait accepté de fournir une ou plusieurs victimes à Zamiel le diable chasseur. Celles-ci devaient lui être livrées à minuit le soir du 1er avril, autrement dit, constatai-je en ouvrant les yeux pour consulter mon « Almanach tropical de la dame de bonne famille », en ce jour qui débutait. Je fermai de nouveau les yeux pour poursuivre l'examen du problème.

Le diable chasseur devait faire son apparition au pavillon de chasse à minuit afin de recevoir son tribut. De toute évidence, l'identité de la victime n'était pas précisée, car Grindoff avait entendu le comte Karlstein dire que, si Lucy et Charlotte n'étaient pas disponibles, Hildi ferait tout aussi bien l'affaire. Mais qu'arriverait-il s'il n'y avait personne lorsque sonnerait minuit ? Nul doute que le démon accuserait le comte Karlstein d'avoir manqué à sa parole. Voilà qui expliquait la folle inquiétude de ce dernier.

La colère du démon ne risquait-elle pas de s'abattre sur le comte lui-même ? Difficile à dire. Il était possible que tous les êtres humains présents dans la forêt (paysans, bûcherons et autres) soient en danger, et que le démon, après avoir assouvi sa faim, laisse le comte Karlstein en paix. N'ayant pas plus de renseignements sur les habitudes des démons, je ne pouvais me prononcer avec certitude.

Je reportai mon attention sur le comte Karlstein lui-même et sur ce que je savais de ses rapports avec les deux fillettes. Il était le cousin de leur pauvre mère qui avait péri avec leur père, sir Percival, lors d'un naufrage. J'avais eu la triste tâche d'informer les fillettes de leur décès et d'organiser leur voyage en Suisse. Le comte Karlstein était leur seul parent vivant. Tout d'abord, je m'en souvenais, il avait rechigné à les accueillir sous son toit, mais les talents de persuasion de l'avoué de la famille, un admirable gentleman nommé Haifisch, l'avaient fait changer d'avis, et je les avais accompagnées pour assister à leur départ, non sans une certaine inquiétude.

Quelque chose s'agitait dans ma mémoire, comme cela se produisait chaque fois que je me laissais aller en arrière, les yeux fermés.

Haifisch... Karlstein... les filles... Il fallait que je me rende à Genève.

Je me redressai, rouvris les yeux et frappai dans mes mains pour réveiller les autres. Hildi tourna vers moi ses yeux cernés de rouge, et le fantôme d'un ronflement fut brutalement neutralisé par son auteur, Grindoff, qui se releva d'un bond et bâilla si largement que je crus entendre sa mâchoire craquer.

– Qu'y a-t-il, Miss Davenport ? demanda Eliza d'une voix endormie.

Je leur expliquai, en détail. Tous tombèrent d'accord : il n'y avait rien d'autre à faire. Nous nous mîmes donc en route, chacun dans une direction, en pressant le pas autant que nous le pouvions. L'affaire était devenue plus sérieuse. Avant, il s'agissait seulement de deux enfants perdues ; c'était maintenant une question de vie ou de mort. Il y avait urgence.

Le récit de Lucy (suite)

Je suppose que si vous tombez du haut d'une falaise et que vous avez la chance d'atterrir sur une corniche un peu plus bas, secoué mais indemne, vous sentez le soulagement remplacer le désespoir, mais si cette corniche cède et vous précipite de nouveau dans le vide, votre désespoir risque d'être multiplié par deux ; et si la même chose se reproduit, vous finissez par vous demander si une quelconque force maléfique ne s'intéresse pas personnellement à votre cas. C'est le sentiment que j'éprouvai lorsque je m'enfuis du poste de police après l'arrestation du docteur Cadaverezzi.

Après nous être échappées du château des Karlstein, nous avions bêtement quitté le refuge et nous nous étions perdues de vue. Charlotte avait été capturée aussitôt par cette larve humaine d'Arturo Plörnischer, mais moi, j'avais trouvé le Docteur Cadaverezzi et la sécurité. (Ça m'avait beaucoup plu d'être une princesse. Je crois que c'est un rôle qui me conviendrait assez bien. Actrice, je veux dire, ou artiste ambulante, ou charlatan.) Mais le danger rôdait : le comte

Karlstein m'avait reconnue dans l'auberge. Puis à nouveau l'espoir : Hildi avait fait croire qu'il y avait le feu pour nous permettre de fuir. Après cela, à nouveau le danger : le pauvre docteur Cadaverezzi avait été arrêté (Mais si j'avais vu juste, il ne resterait pas prisonnier longtemps. Je ne le connaissais que depuis peu – quelques heures seulement – et pourtant, il m'avait impressionnée par la puissance de son génie, comme personne d'autre avant lui, pas même Miss Davenport. J'avais l'impression que son esprit vivait dans un univers plus vaste, plus libre, plus merveilleux que celui-ci, et j'avais beau essayer de lui reprocher ses méfaits, je savais que c'était là des peccadilles à côté de la splendeur de son imagination et du rayonnement illimité de son esprit. Ah… Il est vrai que j'avais entendu (contrairement à Charlotte, par exemple) le plus enivrant de tous les bruits : les applaudissements du public.)

Mais pour l'heure, nous étions cruellement déçues. Nous n'eûmes aucun mal à décider de ce que nous devions faire. En moins d'une heure, nous atteignîmes le refuge, mais il était inutile d'y rester, car Hildi, nous le savions, serait capturée par le comte et torturée pour révéler ce qu'elle savait. Elle résisterait aussi longtemps que possible, mais le supplice du chevalet et les poucettes auraient raison de sa volonté et, juste avant de s'évanouir, en proie aux affres de l'angoisse, elle avouerait que ce refuge était notre cachette. Alors, le comte se précipiterait vers le chenil en grondant pour libérer ses chiens féroces et…

Nous n'avions pas d'autre choix que de gravir les montagnes. Après tout, de l'autre côté, c'était l'Italie.

Par chance, il ne neigeait pas. Et le clair de lune éclatant nous indiquait chaque crevasse, chaque paroi, chaque précipice, chaque glacier étincelant. Au début, l'excitation de l'ascension nous donna la force d'avancer, malgré notre fatigue. La beauté irréelle du paysage, semblable à une vision issue des œuvres de Byron ou de Shelley, emplissait nos cœurs d'une étrange nostalgie. Au milieu de ce décor de songe, il était facile de croire aux esprits et aux fantômes du folklore. Nous grimpâmes et grimpâmes encore, jusqu'à ce que nos pieds et nos mains aient perdu toute sensation, jusqu'à ce que la moindre inspiration provoque une douleur vive dans nos poumons. Mais nous n'osions pas nous arrêter. Nous montâmes jusqu'à ce que la lune disparaisse derrière la silhouette déchiquetée de la montagne, et nous continuâmes notre ascension dans le froid glacial qui tomba en même temps que l'obscurité, un froid encore plus intense que précédemment. Mais le ciel commençait à s'éclaircir. Sur notre gauche, quelques étoiles s'éteignaient à mesure que la lumière absorbait le bleu profond sur lequel elles reposaient ; elles ternissaient comme ternissent les perles, dit-on, quand on ne les porte pas. (Je n'ai jamais possédé de perles, mais ma chère mère avait un très joli collier, qu'elle portait sur elle le jour où son bateau a coulé, et ainsi, elles ont regagné leur élément naturel, tandis que ma mère quittait le sien, pour toujours ! Je pense que les bijoux ont quelque chose de maléfique et, pour cette raison, je n'en porterai jamais. Jamais ! Pas même un simple anneau en or. J'en ai fait le serment.

Et maintenant, avec une splendeur que nul ne peut imaginer s'il n'a pas vu ce spectacle, le soleil se levait au-dessus des Alpes.

Nous avions atteint une sorte de petit plateau entouré de glace. Sur notre droite, un long manteau de neige scintillant s'étendait jusqu'à une imposante paroi de roche noire. Devant nous, d'innombrables blocs de glace aux angles vifs, certains pas plus gros que la tête de Herr Woodenkopf, d'autres aussi grands que des cottages, étaient éparpillés à la surface du glacier. Sur notre gauche, le soleil, d'un éclat insoutenable, s'élevait dans le ciel, telle une montgolfière majestueuse transportant le feu originel des dieux, au-dessus d'une crête de neige dure. Il n'y avait aucune ombre dans ce monde glacé car, au lieu de cacher la lumière ou de la repousser, la glace l'amplifiait et la fractionnait, comme l'avait fait sir Isaac Newton lors de sa fameuse expérience, dont Miss Davenport nous avait fait la démonstration à Cheltenham par une matinée ensoleillée, à l'aide d'un prisme. De ce fait, à la place des ombres, il y avait des arcs-en-ciel partout.

Éblouies, nous continuâmes d'avancer malgré tout. Charlotte tenait sa tête à perruque d'une main et, de l'autre, elle s'accrochait à moi. Elle marchait en trébuchant, les yeux fermés, soit parce qu'elle dormait, soit à cause du soleil. Moi aussi, j'avais du mal à voir. Il me semblait apercevoir de petits mouvements tremblotants au coin de mes yeux, comme si j'étais ivre ou en proie au délire.

Soudain, Charlotte dit :

– Lucy, je ne peux pas faire un pas de plus ! Je vais m'évanouir.

– Si on se couche, on mourra, lui dis-je. On va geler en quelques secondes et on ressemblera à la momie de l'exposition du signor Rolipolio.

Elle frissonna et serra Herr Woodenkopf contre sa poitrine.

– On sera toutes ridées et affreuses ?

– Terriblement ridées et affreuses. Il faut continuer, Charlotte.

– On n'arrivera jamais à traverser *ça*..., se lamenta-t-elle en désignant le glacier, les yeux plissés pour pouvoir regarder ce qu'elle montrait. On va tomber dans une crevasse, comme Otto dans *Les Secrets du Nord*, et on sera écrabouillées. Ou alors, on va se perdre, on tournera en rond et on deviendra folles. Oh, Lucy, je n'en peux plus ! On est assez loin maintenant, ils ne nous retrouveront pas... Reposons-nous, je t'en supplie...

Moi aussi j'étais épuisée mais, étant l'aînée, je devais donner le change. Telle est la responsabilité due à l'âge et à l'expérience. Je n'ai encore trouvé aucune récompense correspondant à ce sacrifice, mais c'est ainsi.

– Non ! dis-je. Il faut continuer. Pense au Sud, Charlotte !

– Je ne peux pas…

– Tu peux, si tu fais un effort. Pense à… des orangers, des oliviers, des choses comme ça.

– Je n'aime pas les olives.

– Bon, d'accord. Pense à des melons, alors. A des choses chaudes.

– Les melons, c'est froid…

– Tu es énervante, Charlotte !

Consciente d'avoir été trop sévère, je ne dis plus rien, mais je continuai d'avancer, péniblement. Charlotte tomba trois fois, se fit mal aux jambes et se mit à pleurer. Herr Woodenkopf perdit sa perruque, il fallut la lui remettre. La robe de Charlotte était trempée et la mienne déchirée. Je me tordis la cheville en glissant sur la glace et, quand Charlotte tomba pour la quatrième fois, elle resta allongée par terre, en pleurant. Je songeai alors : « C'est la fin. Nous allons mourir. Nous allons mourir… »

Une sorte d'obscurité flottait dans l'air autour de nous.

J'avais de plus en plus froid, et je mourais d'envie de tirer vers moi cette obscurité pour m'en envelopper comme avec une couverture. Je sais maintenant que cette obscurité était la mort mais, même sachant cela, je l'aurais attirée vers moi, si j'avais pu.

J'entendis une voix et je sentis une main sur mon épaule. Charlotte me secouait.

– Lucy ! Lucy ! C'est l'homme que j'ai vu dans la forêt… Lucy, réveille-toi !

Un petit ruisseau qui, chose étrange, n'était pas gelé, filait à toute allure au milieu de la glace en projetant de minuscules gerbes de gouttelettes qui scintillaient comme des diamants volants. De l'autre côté de ce ruisseau, il y avait un homme. Et cet homme nous appelait. Il avait un visage qui respirait l'honnêteté et des yeux bleus très clairs. Voyant que nous étions réveillées, il nous fit un signe de la main et traversa le cours d'eau en sautant avec prudence de pierre en pierre. Il semblait fatigué. Arrivé devant nous, il dit :

– J'ai pas besoin de vous demander qui vous êtes. Y'a pas plusieurs fillettes qui se baladent dans ces montagnes, je parie. J'ai une lettre pour vous.

J'avais l'impression de rêver. Mais la feuille qu'il me tendait (toute chaude car elle sortait d'une poche intérieure) était bien réelle, si réelle que je reconnaissais le mot que j'avais griffonné dans le refuge.

– Mais… c'est moi qui ai écrit ça, dis-je d'une voix tremblante.

– Tournez la feuille, miss.

J'obéis. Et je bondis sur mes pieds en reconnaissant cette écriture.

– Charlotte, regarde ! Miss Davenport !

Elle aussi se leva d'un bond et se pencha vers moi pour voir le mot, que nous lûmes en même temps.

Il disait :

Chères Lucy et Charlotte,

Vous pouvez faire confiance au porteur de ce message. Descendez immédiatement avec lui. Nous discuterons de ce qu'il faut faire une fois que nous serons tous ensemble. Lucy, ton écriture est épouvantable. Tu dois faire un effort pour l'améliorer.

Votre bonne amie,
Augusta Davenport

– C'est bien elle, Lucy ! C'est elle ! s'exclama Charlotte.

J'étais presque aussi enthousiaste que ma sœur… mais pas tout à fait. Je suis fière de mon écriture que je trouve distinguée, adulte et intéressante.

– Si nous y allions ? proposa l'homme.

– Oh ! Pardon… Oui, oui, bien sûr, répondis-je.

Il battait des bras et tapait du pied en essayant de faire comme si c'était tout à fait normal de se trouver là, à plus de mille mètres d'altitude, sur une montagne enneigée.

– Comment vous appelez-vous ? demandai-je. Moi, c'est Lucy. Et voici Charlotte.

– Max Grindoff.

Nous échangeâmes une poignée de main. Il montra du doigt Herr Woodenkopf qui nous regardait d'un air rayonnant, sur un rocher, la perruque de travers.

– Vous avez bien fait de le poser là-haut, celui-là, dit le prénommé Max. Je vous aurais jamais vues sans ça. Il a attiré mon regard pendant que je montais. Vous deux, je vous voyais pas, étant donné que vous étiez couchées par terre.

Folle de joie, Charlotte serra Herr Woodenkopf contre elle.

– Tu vois ! s'exclama-t-elle d'un air triomphant. Je savais bien qu'il nous portait chance !

– Je me suis tapé une sacrée marche à cause de vous, dit Max. Venez, je vais vous raconter tout ce qui s'est passé. C'est donc toi, la princesse ?

– Oui ! Mais comment le savez-vous ? Vous avez vu le docteur Cadaverezzi ? Il est sorti de prison ?

– Ah, c'est donc là qu'il est ! J'aurais dû m'en douter. Je suis son domestique. S'il est en prison, y'a pas à s'en faire. Il va pas y rester longtemps. Quand bon lui semblera, il racontera une histoire à dormir debout au gardien et il sortira tranquillement par la grande porte, les mains dans les poches. Cet homme est incroyable !

Et c'est ainsi, alors que nous redescendions de la montagne, que nous apprîmes tout ce qui s'était passé. Je sentais naître dans mon cœur un étrange sentiment, un sentiment déjà arraché et piétiné de nombreuses fois, à tel point que je le croyais mort pour de bon. Je veux parler de l'espoir.

Le récit de Hildi (suite)

Lorsque les fillettes arrivèrent au campement avec Max, Miss Davenport, avec l'aide d'une lentille de poche, avait réussi à allumer un feu. Malgré tous ses dons, elle n'avait pas réussi à faire apparaître de la nourriture et nous étions tous affamés mais, au moins, nous avions de quoi nous réchauffer.

Cependant, le feu lui-même ne dégageait pas plus de chaleur que l'accueil de Miss Davenport, et que la joie des fillettes en la voyant. Si j'avais été séparée de maman dans des conditions de danger extrême, sans doute serais-je tombée dans ses bras avec le même bonheur ; mais cela ne m'était jamais arrivé, Dieu soit loué, et je ne pouvais qu'imaginer leur soulagement. Toutefois, quand Miss Davenport commença à leur expliquer son plan, l'angoisse réapparut sur le visage des deux fillettes et moi-même je sentis mon sang se glacer.

– Le plus important, dit-elle, c'est de faire en sorte que la colère de Zamiel retombe sur le comte Karlstein. Or cela n'arrivera que si le démon se sent trahi en étant privé de sa proie. Mais si vous n'êtes pas « disponibles » toutes les deux, le comte vous remplacera par quelqu'un d'autre, tout simplement. Non seulement il sacrifiera un innocent, mais en plus il n'aura pas d'ennuis avec Zamiel.

– Que peut-on faire, Miss Davenport ? demanda Lucy.

– Vous devez retourner au château et laisser le comte vous conduire au pavillon de chasse.

– Quoi ? s'exclama Charlotte.

– Il est essentiel que le comte soit persuadé que vous êtes là-bas et que, donc, il n'a rien à craindre. Ainsi, il négligera de prendre ses précautions… et Zamiel ne rencontrera aucun obstacle en arrivant au château.

– Mais…, dis-je.

Elle leva la main pour me faire taire.

– Je sais ce que tu vas dire, Hildi. Pourquoi Zamiel s'en prendrait-il au comte Karlstein si ses victimes l'attendent au pavillon de chasse ? Et comment les deux petites pourront-elles en réchapper ? La réponse est simple : ton frère et toi, vous irez là-bas pour les sauver.

J'étais abasourdie.

– Le principe est simple, lui aussi, reprit Miss Davenport. Il existe un certain nombre de substances connues qui repoussent les démons et autres créatures surnaturelles. L'ail en fait partie. Son efficacité, dans le cas des vampires de Transylvanie, est attestée. Une autre substance est l'argent, je parle du métal.

Je commençais à comprendre. Max se grattait la tête et Eliza, dont les yeux rougis indiquaient à quel point elle était fatiguée, observait Miss Davenport en essayant de suivre les explications érudites.

– Nous avons de l'ail dans notre cuisine, dis-je.

– En abondance, j'espère. Il reste le problème de l'argent. Quelqu'un a-t-il un bijou en argent ?

– Je ne porte aucun bijou, déclara Lucy. Question de principe.

Charlotte secoua la tête d'un air navré, mais Eliza ôta la petite chaîne qu'elle portait autour du cou.

– Moi, j'ai ça, miss. Mais j'y tiens beaucoup, car c'est Maxie qui me l'a donné.

Il s'agissait de la moitié d'une petite pièce en argent. Miss Davenport l'observa avec attention.

– Comme c'est curieux, commenta-t-elle. Mais j'ai peur que ce soit trop petit pour l'usage que l'on veut en faire. Bon… nous n'avons pas le choix. Il va falloir utiliser ceci.

Sur ce, elle ôta de son poignet un large bracelet en argent. C'était un très bel objet qui ressemblait à une chaîne pleine, avec de chaque côté une bordure ornée de perles, semblables à des gouttes de rosée, aux reflets profonds et chatoyants.

– C'est un cadeau de… quelqu'un qui m'était très cher, dit-elle.

– Le signor Rolipolio ! s'exclama Eliza. Oh, pardon, miss.

– Cela suffit, Eliza. Mais tu as raison. Toutefois, ce qui nous intéresse, c'est sa composition chimique, pas sa valeur sentimentale. (Elle se retourna vers moi.) Hildi, ton frère fera fondre ce bracelet pour en faire une balle.

– Peter, miss ? Mais…

– Je suis sûre que c'est dans ses cordes. N'importe quel chasseur est capable de fabriquer une balle. Cependant, le point de fusion de l'argent est bien supérieur à celui du plomb, et cela risque de prendre un certain temps. Il serait donc souhaitable de commencer le plus vite possible.

Inutile d'essayer de lui tenir tête. Je devrais donc me rendre au pavillon de chasse en compagnie de Peter, lui avec une balle en argent dans son fusil, et moi les poches pleines d'ail, pour sauver les fillettes. La balle en argent n'était qu'un dernier recours, car le but n'était pas de détruire Zamiel (« Et puis quoi encore ! » pensai-je.), mais de provoquer sa déception et sa colère pour qu'il se retourne contre le comte. Nous aurions aussi besoin de chevaux, pour ramener les fillettes.

– Et vous, qu'allez-vous faire, miss ? demanda Eliza.

– Cette affaire ne sera terminée qu'une fois effectuées certaines vérifications. Je devrai m'en charger personnellement, c'est pourquoi j'ai l'intention de partir pour Genève sur-le-champ. Quant à toi, Eliza, et vous, Grindoff, vous allez ramener les fillettes au château. Remettez-les au comte en personne et racontez-lui que vous les avez retrouvées dans les bois. Vous, mes petites, vous devrez feindre le remords, tout en faisant comme si vous ne vous doutiez de rien. Hildi, ton rôle est très dangereux, je ne le nie pas. Mais j'ai toute confiance en toi. Le moment est venu de quitter cette cabane confortable pour redescendre de la montagne, chacun de notre côté...

Alors que je suivais la pente (en trébuchant à cause de la fatigue et en serrant le bracelet contre moi pour ne pas le perdre), une seule pensée occupait mon esprit : où Peter allait-il couler la balle ?

En fait, ce fut ce qu'il y eut de plus facile dans toute cette opération. Mon frère m'écouta sans rien dire, les yeux encore pleins de sommeil et pas rasé, puis il prit le bracelet, toujours sans un mot, et monta dans la cuisine.

– Peter ! Et maman ? Et le sergent Haupiff et tout ça ?

– Tiens-les à l'écart, me répondit-il simplement.

Sur ce, il entreprit d'empiler un grand nombre de bûches dans la cheminée. Du fait de l'heure matinale, seuls Hannerl la serveuse et le vieux Conrad, le barman, étaient présents. Avant que maman ne soit descendue, je m'étais assoupie malgré moi. J'eus vaguement l'impression qu'une personne sentant la suie et la fumée m'allongeait sur un lit et me couvrait avec un édredon, puis je m'endormis pour de bon.

Je me réveillai en fin d'après-midi, alors qu'une lumière grise et froide filtrait par la fenêtre. J'avais l'esprit embrumé et une légère migraine, et quelque chose m'angoissait, sans que je sache de quoi il s'agissait... Soudain, tout me revint et je me précipitai en bas.

La cuisine ressemblait à un atelier de forgeron. Les fenêtres dégoulinaient de buée, l'air était envahi de fumée, un tapis de cendres qui montait jusqu'aux chevilles s'étendait devant la cheminée, et là, à la table, le visage marbré de suie et les yeux rougis, Peter était assis. Devant lui était posée une petite boule d'argile, de la taille d'un œuf de cane. Il la caressait délicatement avec sa paume.

– Que se passe-t-il ? demandai-je. Où est maman ?

– Dans la salle.

– Et la balle ? Elle est prête ?

– Je vais bientôt le savoir…

Il prit un couteau et, le tenant par la lame, il donna deux ou trois petits coups sur le moule en argile avec le manche. Rien ne se produisit. Il s'arrêta et me regarda droit dans les yeux.

– Tu sais ce que ça signifie, si je viens avec toi cette nuit ? dit-il.

Je hochai la tête.

– Le concours, dis-je.

– Exact. Je dois le remporter, Hildi. C'est ma dernière chance. Je ne peux plus me permettre de perdre maintenant.

Il avait raison. Je savais ce qu'il risquait, et je savais aussi bien que lui que la nuit qui nous attendait était la plus mauvaise des préparations en vue du concours du lendemain. Je ne savais pas quoi dire. Il tapota de nouveau le moule avec le manche du couteau, un peu plus fort. L'argile se fendit et s'ouvrit. Les deux moitiés roulèrent sur la table. Dans l'une d'elles, semblable à un noyau de pêche, était nichée une balle en argent parfaite.

– Magnifique ! s'exclama Peter.

Il prit la moitié du moule et tapota ce qui restait d'argile pour dégager la balle, accrochée à une longue tige en argent formée par le métal fondu qui s'était écoulé dans la petite rigole qu'il avait creusée à cet effet dans le moule en argile.

– Ça m'a pris toute la journée, dit-il. J'ai perdu la moitié de l'argent quand le premier moule s'est brisé. Magnifique, non ?

Il entreprit de limer la tige, pendant que je remplissais mes poches de têtes d'ail.

– Et les chevaux ? demandai-je.

– Hannerl s'en occupe.

– J'aurais préféré qu'on s'en passe…

– Impossible. C'est loin… Et n'oublie pas qu'il faudra ramener les deux gamines. D'ailleurs, il ne faut pas partir trop tard.

Il leva les yeux vers la vieille pendule. Celle-ci indiquait quatre heures et demie de l'après-midi.

Si nous partions maintenant, nous arriverions à temps sans problème. En partant après cinq heures, il faudrait se dépêcher… Et plus tard, nous n'arriverions certainement pas avant minuit et, dans ce cas, autant renoncer tout de suite… Malgré tout, j'aurais préféré me passer de chevaux. Je n'aime pas les chevaux, ou ce sont eux qui ne m'aiment pas. Et si j'arrivais à monter la vieille Pansy, c'était parce qu'elle ne pouvait avancer qu'au pas.

Peter leva la balle dans la lumière pour l'admirer encore une fois et tourna brièvement la tête lorsque la porte de la cuisine s'ouvrit pour laisser entrer Hannerl qui arrivait de l'écurie. C'était une fille de seize ans, douce et gentille, très amoureuse de Peter, qui était (je suppose) un beau garçon dans le genre renfrogné.

– J'en ai trouvé deux, annonça-t-elle. Je vous les ai sellés.

– A qui sont-ils ? demanda Peter.

Il était rare que nous ayons plus de deux ou trois chevaux dans l'écurie, mais l'auberge était pleine à cause du concours et nous n'avions que l'embarras du choix.

– Je ne sais pas au juste à qui ils appartiennent exactement, mais leurs propriétaires n'en auront pas besoin ce soir, c'est certain. Ils sont tous installés dans la grande salle avec leurs pipes au bec.

– Bravo, dit Peter, et cette petite idiote rougit.

Je retournai dans la salle pour dire au revoir à maman. Un tas de choses me mettaient mal à l'aise, dont la moindre n'était pas l'idée de monter à cheval. Maman m'entraîna à l'écart pendant que le vieux Conrad faisait sauter la bonde d'un tonneau de bière. Comme j'ignorais ce que lui avait dit Peter, je devais avancer sur la pointe des pieds.

– Qu'y a-t-il ? demanda-t-elle.

– Il faut qu'on aille dans la forêt. Je t'assure, maman, on n'a pas le choix.

– Très bien. Je ne pose plus de questions. Ce sale gamin n'a rien voulu me dire. Je l'ai interrogé toute la journée, pas moyen de lui arracher quoi que ce soit. Pour l'amour du ciel, Hildi… J'ignore ce qui se passe, mais promets-moi de veiller sur lui.

– C'est à moi de veiller sur lui ?

– Empêche-le de tirer sur la police, c'est tout ce que je te demande. Car alors, il ne passera pas seulement quelques semaines en prison, il le paiera de sa vie.

Elle se mit à pleurer, aussi soudainement que discrètement. J'essayai de la réconforter, en vain. Elle continua à verser toutes les larmes de son corps et me repoussa.

– C'est tout ce que je te demande, répéta-t-elle d'une voix enrouée. Allez, file !

Elle me repoussa de nouveau et je partis le cœur gros de chagrin et d'inquiétude. Ses paroles avaient fait surgir dans mon esprit l'image d'un Peter au crâne rasé, en bras de chemise, enchaîné, flanqué de deux gardes et précédé d'un aumônier en robe noire, tandis que la lumière grise de l'aube éclairait la redoutable potence et l'effroyable lame de la guillotine. Je m'empressai de chasser cette pensée et de retourner dans la cuisine.

– Alors ? me lança Peter. Qu'a-t-elle dit ?

– Tu ne dois pas tirer sur des policiers.

– C'est tout ? Allez, en route !

Mais nous n'allâmes pas plus loin que la porte de la cuisine. Car Hannerl entra soudain en coup de vent et referma précipitamment la porte derrière elle. Elle était livide.

– Que se passe-t-il ? interrogea Peter.

– Il est là… Le sergent !… Dans l'écurie…, expliqua Hannerl dans un murmure affolé. Il vient d'arriver avec quelqu'un pour examiner un cheval. J'ai dû ôter les selles des deux vôtres et faire comme si je les rangeais. Vous devez vous cacher ! Il risque de venir ici !

Le visage de Peter s'assombrit. De nouveau, il jeta un coup d'œil en direction de l'horloge : cinq heures moins le quart. Combien de temps le sergent allait-il rester ?

– Descends dans la cave, murmurai-je. Vas-y. Je vais me débarrasser de lui, je trouverai bien un moyen. Mais, pour l'amour du ciel, disparais !

Il obéit à contrecœur et je fis demi-tour pour me rendre à l'écurie... juste au moment où le sergent entrait dans la cuisine ! Il ôta son casque, s'épongea le front et s'assit à la table.

– Pffff ! fit-il. Quelle chaleur ici ! Vous essayez de mettre le feu, ou quoi ?

– Que voulez-vous ? demandai-je.

– Je veux m'asseoir et boire une bière, voilà ce que je veux. Et j'aimerais parler à ta mère. Où est-elle ?

– Pourquoi voulez-vous lui parler ?

En guise de réponse, il tapota son grand nez rouge, sans un mot. Hannerl, hésitante, attendait sur le pas de la porte menant à l'écurie. Quant à Peter, je l'imaginais accroupi en haut de l'escalier de la cave, l'oreille collée à la porte.

C'est alors que maman fit son entrée. Apercevant le sergent, elle tapa du pied avec colère.

– C'est trop fort ! s'exclama-t-elle. Mon auberge est pleine de monde, j'ai des clients qui arrivent et qui repartent toute la journée, je n'ai personne pour m'aider et vous venez vous planter en plein milieu de ma cuisine ! Qu'est-ce que vous voulez ?

– Allons, allons, Frau Kelmar, dit le sergent d'un ton apaisant. J'ai eu envie de venir vous voir pour discuter un petit peu.

– J'ai pas le temps ! Allez, du balai ! Ouste ! Ne traînez pas dans mes pattes !

Elle posa brutalement des casseroles sur la table, juste à côté du coude du sergent, et versa de la farine dans un grand bol, en prenant bien soin d'en projeter sur son uniforme. Je suivis Hannerl dans l'écurie et fermai la porte derrière moi.

– Dépêche-toi de seller les chevaux, lui dis-je. Dès que maman se sera débarrassée de lui, on partira.

– Impossible. Il est venu pour acheter un cheval. Ils ne vont pas arrêter de faire des allées et venues, je parie.

– Oh, non ! Combien de temps ça va durer, bon sang ?

Hannerl secoua la tête, au moment où l'horloge de l'église sonnait cinq heures. Je m'assis sur la marche. La voix du sergent résonnait à travers la porte, accompagnée du bruit des casseroles et parfois interrompue par une remarque sèche de maman. Et le temps passait.

Finalement, je dis à Hannerl :

– On ne peut plus attendre. Il faut seller les chevaux et prendre le risque. On peut peut-être les conduire dehors et attendre dans la ruelle.

– Mais à supposer qu'il…

– Espérons que non. Où sont les chevaux que tu as choisis ?

Elle me montra une grosse bête noire et un cheval bai à l'air ombrageux. Leurs têtes ne me plaisaient pas, mais j'aidai malgré tout Hannerl à les seller, puis je retournai derrière la porte. Le sergent était toujours là et un autre homme s'était joint à la conversation. Je reconnus la voix du vieux Conrad.

L'horloge sonna la demie de cinq heure.

– Il ne partira donc jamais ! marmonnai-je. Hannerl, va lui dire qu'il y a eu un cambriolage quelque part et qu'on le réclame au plus vite...

Soudain, on entendit un bruit de chaise qui racle le sol, accompagné du rire du sergent.

– Il s'en va, murmura Hannerl. Il risque de repasser par ici...

Nous attendîmes ; le temps continuait à filer. J'étais au bord du désespoir. Au bout d'un moment, n'en pouvant plus, j'ouvris la porte et entrai dans la cuisine. Maman s'affairait devant la cheminée, la mine sévère. Le sergent discutait avec quelqu'un sur le seuil de la salle.

– Maman ! murmurai-je. Va fermer la porte, je vais faire sortir Peter !

Elle hocha la tête, passa devant le sergent et ferma la porte. J'ouvris celle de la cave. Peter, assis en haut de l'escalier, se leva d'un bond.

– Où est-il ? demanda-t-il.

– Viens vite ! Allons-nous en ! chuchotai-je.

Avant de refermer la porte de la cuisine derrière nous, je jetai un dernier regard à l'horloge : six heures moins le quart...

Grommelant de colère et de frustration, Peter sauta sur le cheval noir, pendant que Hannerl retenait tant bien que mal le bai pour m'aider à monter dessus. La monture de Peter renâcla en signe d'impatience, tandis que je m'efforçais de calmer la mienne en disant : « Tout doux… gentil cheval… Du calme, mon joli… » et autres inepties du même genre. Mon cheval rejeta la tête en arrière d'un air méprisant, Hannerl ouvrit la porte de l'écurie et nous nous élançâmes.

Il faisait nuit. Des lumières éclairaient les fenêtres des maisons devant lesquelles nous passions et des flocons de neige tourbillonnaient mollement comme s'ils hésitaient entre se poser sur le sol et continuer à voler encore un peu. Peter était parti droit devant, au trot, sans regarder ni à droite ni à gauche. Mon cheval n'aimait pas trop la neige, apparemment ; je ne pouvais pas lui en vouloir, mais j'aurais aimé qu'il cesse de faire des bonds dans tous les sens.

Je parvins malgré tout à rester en selle jusqu'au pont.

C'était la partie la plus dangereuse. Le pont est toujours très fréquenté, car il n'y a pas d'autre endroit pour traverser la rivière sur plusieurs kilomètres, et cette route relativement importante voit passer de nombreux voyageurs, en plus des habitants du village et des occupants du château. Aussi ne fus-je pas surprise de voir trois hommes traverser le pont en sens inverse d'un pas nonchalant. C'étaient des étrangers. Ils devaient revenir de promenade, car ils n'avaient pas de bagages et n'étaient pas habillés pour un long voyage. L'un d'eux tenait une lanterne. Ils s'écartaient pour nous laisser passer quand, soudain, l'un d'eux poussa un petit cri et agrippa le bras de l'homme à la lanterne.

– C'est mon cheval ! s'exclama-t-il en montrant le cheval noir que montait Peter.

Ce dernier poussa un juron et éperonna les flancs de sa monture pour la faire avancer plus vite. Mais l'homme bondit au milieu de la route, devant lui.

– Ringl ! Ringl ! s'écria-t-il en agitant les bras.

Il essaya de saisir les rênes au moment où Peter passait au galop. Mais il perdit l'équilibre sur la chaussée verglacée et tomba lourdement... juste sous les sabots de mon cheval ! Je hurlai, Peter cria quelque chose et les deux autres hommes braillèrent eux aussi. Mon cheval fit un bond et donna l'impression de sauter sur le côté pour éviter l'homme à terre. Je fus presque éjectée de la selle ; j'avais perdu un étrier, je m'accrochais d'une main à la crinière de l'animal pendant que l'autre tirait frénétiquement sur les rênes et, alors que je me contorsionnais pour essayer de remettre mon pied dans l'étrier tout en retrouvant mon équilibre, l'un des deux autres hommes bondit pour se saisir des rênes. Le cheval fit brusquement volte-face et je tombai.

Au début, je ne ressentis aucune douleur. J'étais encore sous le choc. Je me relevai tant bien que mal et m'enfuis en courant, tandis que les hommes me criaient de m'arrêter et que le cheval hennissait d'excitation et de peur. D'autres cris s'élevèrent dans mon dos ; j'en déduisis que tout le village avait entendu ce qui s'était passé. Combien de temps avant que la police arrive ? La déception et le découragement me donnaient la nausée.

Peter s'était volatilisé. J'espérais qu'il avait tout vu et qu'il ne m'attendrait pas ; nous avions déjà perdu trop de temps. L'alerte allait être donnée, sans aucun doute ; les chevaux permettraient de remonter jusqu'au Joyeux Chasseur, maman serait interrogée et…

Je me blottis dans la neige, sous le couvert des arbres et de l'obscurité grandissante. J'avais envie de pleurer. Avant même d'avoir commencé, notre plan tombait à l'eau. Derrière moi, sur le pont, un petit groupe d'hommes montraient du doigt la direction dans laquelle s'était enfui Peter, tenaient le cheval survolté, aidaient le voyageur à se relever, appelaient à l'aide et commençaient à franchir le pont pour se lancer à la poursuite du fuyard. Le sergent marchait en tête ; ils étaient armés de fusils…

Je restai immobile ; le froid s'infiltrait à travers ma robe, droit dans mon cœur, et dans mes poches remplies de têtes d'ail devenues inutiles. Tout reposait désormais sur les épaules de Peter… et sur une petite balle en argent. Mais arriverait-il à temps ?

Le récit de Lucy
(suite)

Le triomphe est un bien sinistre sentiment ! Surtout quand ce n'est pas le vôtre, mais celui de quelqu'un d'autre. Et surtout quand ce quelqu'un d'autre est un oncle nerveux, au regard glacial, qui ne cesse de se mordiller les doigts, et dont le sourire évoque un tigre qui montre les dents. Il nous accueillit (nous, c'est-à-dire Charlotte, moi, Max et Eliza) dans son bureau avec une telle avidité sournoise, affectée et roucoulante que je faillis faire demi-tour pour me sauver sur-le-champ.

Nous avions décidé de ne rien dire. Ce fut donc Max qui parla, pendant que l'oncle Heinrich se frottait les mains sans nous quitter des yeux un seul instant, ma sœur et moi. J'essayai de soutenir son regard, mais la lueur glaciale qui y brillait m'obligea à baisser la tête.

– On les a trouvées dans la montagne, sir, expliquait Max. Elles erraient comme si elles étaient perdues. Il m'a semblé normal de les ramener à la maison.

– Excellent… Excellent…, dit l'oncle Heinrich. Je

suis ravi de les revoir… Les chères petites ! Mes pauvres petites chéries ! Elles sont enfin rentrées à la maison, avec leur brave oncle Heinrich…

Et ainsi de suite, tandis que ses yeux glacés se promenaient sur nous de la tête aux pieds, et que ses mains aux jointures blanchies se frottaient l'une contre l'autre en produisant un petit *shhh shhh* incessant, alors que ses lèvres étaient déformées par un rictus mauvais.

– Elles ont eu si peur, monsieur le comte, dit Eliza. Quelqu'un leur a mis de vilaines histoires en tête. Elles ne savaient pas ce qu'elles faisaient, je vous le jure.

– Oui… oui… sans doute. Les pauvres petites ! Gelées et affamées ! Avez-vous faim, mes chéries ? Hmm ? Répondez ! Avez-vous faim ?

– Oui, oncle Heinrich, dis-je.

J'étais obligée de répondre car il m'avait pincé la joue entre son pouce et son index, dans un geste qui, de loin, pouvait paraître tendre.

Il relâcha sa prise et je me frottai la joue pendant qu'il sonnait les domestiques. Il se tourna ensuite vers Max et Eliza et fouilla dans le tiroir de son bureau.

– Tenez, dit-il en leur donnant de l'argent. Prenez ceci, avec mes remerciements.

– Merci, sir, dit Max en portant la main à son front pour saluer.

Je voyais bien qu'il n'était pas heureux. C'était un très mauvais acteur et je me demandais comment il pouvait monter sur scène aux côtés du docteur Cadaverezzi. Mais l'oncle Heinrich était trop occupé à savourer son triomphe pour remarquer ce genre de choses. Il lui donna une tape dans le dos, puis (horreur !) il vint se placer entre Charlotte et moi et passa ses bras autour de nos épaules pour nous serrer contre lui. Nous demeurâmes de marbre.

Sur ce, Frau Muller, cette femme acariâtre, entra pour nous emmener dîner et, je le savais, nous enfermer jusqu'à ce qu'on ait besoin de nous, comme des bagages à bord d'un bateau. Nous ne dîmes pas un mot à Max et à Eliza (nous n'en avions pas le temps, apparemment), mais Eliza nous adressa un sourire furtif pendant que l'oncle Heinrich s'était tourné pour parler à Frau Muller et Max nous fit un clin d'œil. Mais tous deux semblaient aussi inquiets que Charlotte et moi, et je me demandai (pour la millième fois) : avons-nous eu raison de faire ça ?

Dès que nous fûmes hors de vue de nos prétendus sauveurs, il devint évident que nous étions prisonnières. Frau Muller nous parla sur un ton sévère et Wilhelm, le garçon d'écurie – un être mal dégrossi, brutal avec les animaux – monta la garde pendant que nous mangions, dans le salon austère de Frau Muller, une sorte de soupe claire avec du pain sec. Elle nous autorisa, l'une et l'autre, à boire un verre de vin que nous vidâmes d'un trait car nous étions assoiffées. A peine la dernière gorgée de nourriture eut-elle disparu dans notre gosier que nous nous mîmes à bâiller et à piquer du nez sous l'effet de la fatigue. Je me souviens d'avoir pensé alors : « C'est étrange, ils nous observent. Et quelqu'un d'autre vient d'arriver... Oh, c'est Herr Plörnischer. Il a éternué au-dessus de Charlotte, mais elle n'a rien remarqué... Elle dort à poings fermés... Quelqu'un me soulève dans ses bras... Je m'endors moi aussi... »

Et puis, plus rien, excepté une obscurité en mouvement, remplie d'étranges images qui surgissaient comme des rêves puis disparaissaient ; le froid et une désagréable impression de tressauter ; le bruit des chevaux, quelque chose qui craque comme du cuir sec ; un visage tout près du mien, exhalant une odeur de brandy ; quelque chose qui me grattait la joue, comme une couverture rêche et, pour finir, le silence, et le sommeil de nouveau... le sommeil le plus profond que j'aie jamais connu.

Les heures passèrent. Je crois que je fus réveillée par un tic-tac. Certaines pendules se reconnaissent ; elles ont leur propre personnalité, amicale ou malfaisante selon les cas. Je ne vois pas ce qui m'empêcherait d'accorder une personnalité à unc machine, à cette époque de prodiges où la philosophie naturelle sonde quotidiennement les mystères de la vie eux-mêmes. Je reconnaissais cette pendule, et je ne l'aimais pas. Sa respiration sifflante avait quelque chose de malveillant. Un très vieux grincement fragile, venu des profondeurs de la caisse, indiquait qu'elle rassemblait ses forces pour produire le prochain tic. Ce qu'ils étaient lents et sombres, ces tic, comme si chacun était son dernier... ou le nôtre...

C'était la pendule du pavillon de chasse. Nous étions déjà là-bas, prisonnières !

Je me réveillai aussitôt. Pour découvrir que j'étais couchée sur un tapis devant la cheminée, et que l'on m'avait enveloppée dans plusieurs couvertures bien serrées, à tel point que je ne pouvais plus bouger. A moins que l'on m'ait ligotée ? Je me débattis, sentant la panique enfler dans ma poitrine, mais je m'aperçus que je n'étais pas attachée, c'était déjà ça. Aucun feu ne brûlait dans la cheminée et le froid était vif. Je me redressai. Charlotte était couchée à mes côtés, emmaillotée elle aussi. Je la secouai. Ce simple mouvement me donna la nausée et déclencha une vive douleur qui résonna dans ma tête. Elle ne se réveilla pas, mais je n'avais pas la force de la secouer de nouveau. Je me rallongeai en tremblant.

L'obscurité n'était pas totale. Une petite fenêtre donnait sur les rangées compactes d'arbres sombres, à travers lesquels filtrait difficilement un fragment de clair de lune brumeux, d'une indicible mélancolie. Tandis que les coups de marteau s'atténuaient dans ma tête, je regardai autour de moi et constatai, grâce à cette lueur blafarde, que nous étions seules. D'effroyables amas d'ombres noires saillaient des murs en bois brut, telles des gargouilles ; c'étaient des trophées de chasse : des têtes d'ours et de cerfs tués par le comte ou ses prédécesseurs. Il s'agissait sans doute de mon imagination, mais je voyais briller dans leurs yeux de verre ce même éclat de férocité glaciale que dans ceux d'oncle Heinrich, et ces pauvres bêtes semblaient hurler, en chœur et en silence : « Victimes nous sommes et victimes vous serez... »

Ma main chercha celle de Charlotte et la serra. Elle se réveilla en poussant un petit cri aigu. Elle se redressa, comme moi précédemment, et porta la main à sa tête.

– Lucy ! Où sommes-nous ? Oh, ma tête ! J'ai mal au cœur...

Elle se laissa retomber sur le tapis et se retourna de l'autre côté : je crus qu'elle allait vomir pour de bon. Mais la nausée reflua et elle se détendit.

– Oh, Lucy, j'ai mal à la tête...

– Je crois que nous avons été droguées, Charlotte. C'était le vin.

– Du poison !

– Non, pas du poison. Quelque chose pour nous faire dormir. Je ne me souviens plus de rien après avoir mangé...

– Moi, je me souviens que Herr Plörnischer a éternué au-dessus de moi. Quel répugnant personnage ! Oh, Lucy, qu'est-ce qu'on va faire ?

Je me redressai, plus lentement cette fois, et regardai la pendule. Il était presque vingt-trois heures trente. Plus qu'une demi-heure avant minuit...

– Tu as vu l'heure ? s'exclama Charlotte. Ils devraient déjà être là !

– Peut-être que la pendule avance. Je suis sûre qu'elle avance. Il ne peut pas être déjà onze heures et demie.

J'essayais de paraître détendue.

Mais Charlotte s'était levée à son tour pour s'approcher de la pendule. A cet instant, celle-ci sembla sentir notre présence et dans les profondeurs de son cœur malfaisant, un ressort se mit à vrombir. Instinctivement, nous reculâmes et la pendule sonna un coup pour marquer la demie, puis elle sembla pousser un désagréable soupir de satisfaction, tandis qu'à l'intérieur le ressort se détendait.

– Que peut-on faire ? demanda Charlotte.

Elle courut à la fenêtre. Je courus à la porte. Celle-ci était fermée à clé. La fenêtre était munie de barreaux. Aucune issue. Nous nous rejoignîmes au centre de la pièce, jetant des regards paniqués autour de nous, presque folles de terreur.

– Il faut réfléchir, Charlotte. Pas question de baisser les bras et de se lamenter. Miss Davenport n'aimerait pas ça. Il reste la cheminée ! On peut peut-être passer par là !

Une seconde plus tard, nous étions toutes les deux à genoux pour examiner l'intérieur de la cheminée. Si seulement il ne faisait pas si sombre, si seulement les ombres ne cachaient pas tant d'horreurs. Nous explorâmes à tâtons les parois couvertes de suie. Non, il n'y avait aucune issue. Ce n'était qu'un étroit conduit de briques percé dans le mur ; rien à voir avec ces grandes cheminées accueillantes dans lesquelles il y a assez de place pour s'asseoir tout près du feu.

Et maintenant ? Pouvait-on enfoncer la porte ?

Non, elle était trop solide, et il n'y avait aucun

meuble, rien qui puisse servir de bélier, même si nous avions eu suffisamment de force, ce qui n'était pas le cas.

La fenêtre, alors ? Pouvait-on passer entre les barreaux ?

Non. Nous pourrions peut-être casser le carreau, mais les barreaux étaient trop rapprochés et trop solidement fixés dans le bois. Toute la cruauté de notre oncle nous apparut alors. Il savait que nous tenterions de nous échapper ; il savait qu'il devrait bloquer toutes les issues et il avait pensé à tout, même à poser des barreaux à la fenêtre. J'étais au bord du désespoir. Nous étions impuissantes.

– Lucy, murmura Charlotte, qu'est-ce qu'il va nous faire ?

Inutile de demander de qui elle parlait : de Zamiel, bien évidemment.

– Je ne sais pas, je ne sais pas ! répondis-je.

J'avais tellement peur que je paraissais en colère.

– Il va nous déchiqueter, dit Charlotte d'une voix presque inaudible. Les chiens… j'ai vu ce qu'ils faisaient…

– Moi aussi ! Tais-toi, Charlotte ! Tout se passera bien. Miss Davenport a dit…

Charlotte se recoucha sur le sol et tira les couvertures sur elle. A cause du froid ou de la terreur. Moi-même j'éprouvais ces deux sensations et j'avais une forte envie de la rejoindre. Mais je pensai à Miss Davenport et à Hildi, qui allaient venir à notre secours. Je regardai par la fenêtre les sinistres rangées de sapins. Même si nous parvenions à sortir d'ici, nous ne serions pas plus en sécurité au-dehors.

La pendule poursuivait son tic-tac. Un coup de tonnerre éclata, très loin au-dessus des montagnes. Les nerfs à vif, je percevais le moindre bruit : les bruits réels comme le ronronnement de la pendule, et les bruits imaginaires comme la fuite des petites créatures des bois qui plongeaient dans leurs terriers pour échapper au diable chasseur. Qui serait ici dans... (Je regardai la pendule honnie)... un quart d'heure.

Nouveau coup de tonnerre. Et ça, qu'était-ce donc ? Des sabots ? Et cette espèce de long gémissement lointain, semblable à des voix d'enfants fantômes sur les rives du royaume des morts, était-ce la meute ?

Non, non. Mon imagination me jouait des tours.

En revanche, les bruits de sabots étaient bien réels. Et de plus en plus forts. Je me précipitai vers Charlotte et la serrai dans mes bras. Nous restâmes ainsi enlacées, muettes, tandis que le cavalier se rapprochait de la maison. Zamiel ? Était-ce le démon en personne ? Pourtant, il n'était pas encore minuit, et le cheval renâclait et trépignait comme s'il avait peur lui aussi.

Il y eut un moment de silence, puis un coup ébranla la porte. Puis un autre et encore un autre, comme si quelque démon cherchait à entrer pour nous dévorer avant l'arrivée de Zamiel.

– Hildi ! criai-je avec désespoir.

Une voix me répondit : une voix d'homme. Mais nous n'entendîmes pas ce qu'elle disait, car cela ne faisait plus aucun doute désormais : sa voix était couverte par les aboiements irréels et terrifiants de la meute qui se rapprochait. Les mains de Charlotte serraient les miennes et nos yeux horrifiés étaient tournés vers la porte tandis que, au-dehors, l'homme criait de plus belle et martelait furieusement la lourde porte.

Et soudain, d'une pureté et d'une sauvagerie à vous glacer le sang, le plus terrible de tous les bruits retentit : la note longue et unique d'un cor de chasse...

TROISIÈME PARTIE

HILDI, À NOUVEAU

Chapitre 1

J'étais obligée de me répéter : « Peter va réussir à semer les policiers, il est plus malin qu'eux ; jamais ils ne le retrouveront… » car, sinon, j'aurais pleuré.

Tout reposait sur ses épaules. Moi, je ne pouvais rien faire. Quel sentiment affreux : assister à une chose effroyable sans pouvoir intervenir… Mais, tandis que je grelottais dans l'obscurité en entendant les cris des poursuivants s'éloigner sur la route, et en sentant la douleur s'intensifier dans mon épaule et mon bras, là où j'avais heurté le sol, je pris conscience d'un sentiment que je n'avais encore jamais éprouvé ; et c'était si étrange que j'eus du mal à le nommer tout d'abord. Je dus fouiller ma mémoire pour trouver le mot qui convenait. Et ce mot, c'était : « vengeance ».

Oui, c'était très étrange. On lisait des histoires de *banditti* en Sicile, avec leur *vendetta* et leur manière si fière de venger leur honneur, et on se disait : ces gens du sud sont différents, ils sont plus passionnés que nous. Ici en Suisse, nous ne nous comportons pas de cette façon. Mais souvenons-nous que Guillaume Tell était suisse. A-t-on vu un geste plus courageux, plus fier que le sien lorsqu'il glissa la deuxième flèche dans sa ceinture pour s'en servir contre Gessler, le tyran honni, si par malheur il manquait sa cible et tuait son fils avec la première flèche ? Peut-être que nous ne sommes pas si réservés. Peut-être que nous pouvons nous enflammer nous aussi, lorsqu'on nous énerve. Et à cet instant, j'étais très énervée. Je ne savais pas ce que j'allais faire, mais j'allais faire quelque chose. Le comte Karlstein était aussi haïssable que Gessler, pour ne pas dire davantage, et il était temps que quelqu'un le lui dise. Je pris la direction du château.

Je ne me souviens pas vraiment de ce trajet dans la montagne. Ce n'est guère surprenant, je suppose. Je l'avais fait de si nombreuses fois que j'aurais pu marcher les yeux fermés sans tomber dans le précipice. Je ne me souviens que d'une sensation, comme si le tonnerre et les éclairs se déchaînaient en moi. C'était de la colère, de la fureur. J'avais chaud et froid, j'avais la tête qui tournait, j'étais fatiguée, et sans doute aussi un peu folle à cet instant. Avant même de m'en apercevoir, je me retrouvai devant l'entrée du château.

Je levai les yeux vers la tour pour voir si la fenêtre du bureau était éclairée. Non. Si le comte n'était pas là, je pouvais entrer dans son bureau pour lui réserver une surprise lorsqu'il rentrerait. Sans bruit et en prenant grand soin de demeurer dans l'ombre, je franchis le portail et fis le tour de la cour en marchant sur les côtés. Un ou deux chiens levèrent la tête et mon cœur s'emballa, mais les chiens ne peuvent pas savoir que quelqu'un a été renvoyé et, pour eux, je travaillais toujours au château. Dès qu'ils m'eurent reconnue, ils se rendormirent.

L'horloge sonna au moment où j'atteignais la porte de l'écurie : huit heures. Je soulevai le loquet et entrai en tâtonnant le long du mur jusqu'à ce que je trouve la porte d'une petite pièce où étaient entreposées des brosses, de la cire pour les selles… et des bougies. J'en trouvai une en farfouillant dans les tiroirs, puis je ressortis pour regagner l'escalier de derrière. Je n'avais pas souvent emprunté ce chemin car mon travail ne me conduisait pas à l'écurie, mais je le connaissais bien malgré tout. C'était un escalier étroit, raide, sale… et tout noir. Il y avait une petite fenêtre à chaque étage, mais l'escalier était situé du côté ombragé du château et elles ne laissaient entrer que peu de lumière, blafarde qui plus est.

Je dus ensuite emprunter en rampant un couloir situé sous les greniers, puis un autre escalier pour redescendre dans le hall. C'était la partie la plus risquée de mon voyage. J'attendis puis, retenant mon souffle, je fonçai vers la cheminée pour allumer ma bougie ; après quoi je me précipitai sous la voûte de pierre qui conduisait à la tour et gravis l'escalier menant au bureau tout en protégeant la flamme des courants d'air qui jaillissaient tels des drapeaux fantômes de chaque fissure du mur. En montant, je me demandais combien de temps il faudrait au comte pour revenir à travers la forêt après avoir abandonné les deux fillettes dans le pavillon de chasse. Sans doute était-il accompagné de Plörnischer, ce qui le ralentirait ; malgré tout, ils ne devaient plus être très loin du château. Mais peut-être ne monterait-il pas immédiatement dans son bureau ; il voudrait d'abord se restaurer et se réchauffer.

Arrivée au dernier étage, sur l'étroit palier percé d'une fenêtre en ogive, là où pour la première fois j'avais entendu parler de ce plan effroyable, je m'arrêtai. Et maintenant ? J'entrai dans le bureau. Après avoir refermé la porte avec prestesse, je promenai autour de moi un regard chargé de curiosité, car jamais je n'avais pénétré dans cet endroit.

C'était une vaste pièce qui occupait la totalité de cet étage de la tour, à l'exception du palier. Dans un coin, une volée de marches en bois menait à une trappe découpée dans le plafond, sans doute pour accéder au toit. Trois des quatre murs disparaissaient derrière des rayonnages de livres, des rangées et des rangées d'épais ouvrages poussiéreux. Au centre trônait un bureau jonché de papiers et contre l'un des murs avait été poussée un grand coffre en chêne.

Soudain, un courant d'air glacé m'enveloppa et je levai la tête vers la fenêtre aux carreaux en losange. Ce ne serait pas une mauvaise idée de tirer les rideaux, pensai-je. Cela fait, je m'assis dans le fauteuil du comte et me renversai contre le dossier. C'était un siège profond et confortable, avec des coussins en velours et de larges accoudoirs. « Comme c'est agréable d'être riche, songeai-je, d'avoir des fauteuils moelleux et du temps pour s'y asseoir. » Je me mis à rêver tout éveillée. Et, avant même de m'en apercevoir, je m'endormis.

Je me réveillai en sursaut. La bougie s'était consumée et éteinte, laissant une odeur de fumée et une petite flaque de cire fondue sur le plateau en cuir ciré du bureau. Sans doute la disparition brutale de cette lumière m'avait-elle réveillée.

Un long moment s'était écoulé ! Il ne faisait pas tout à fait noir dans la pièce, car l'éclat de la lune filtrait entre les rideaux disjoints. Alors que je me redressais vivement dans le fauteuil, le cœur battant, j'entendis l'horloge du château émettre cette sorte de ronronnement mécanique indiquant qu'elle allait sonner. Je retins mon souffle... Elle sonna un coup. C'était horripilant ! Cela voulait-il dire qu'il était une heure ou la demie d'une autre heure ? Je sentais grandir la peur.

Mais je n'eus pas le temps de m'appesantir sur mes angoisses. Venant d'en bas, des voix résonnèrent...

Je me levai d'un bond. Toutes mes courageuses pensées où il était question de vengeance et de terribles accusations lancées au visage du comte avaient profité de mon sommeil pour se sauver sur la pointe des pieds. A présent, j'étais terrorisée. Où me cacher ? Ce coffre à côté de l'escalier étroit menant au toit... Y avait-il un petit espace derrière ? Oui. Je sautai pardessus le meuble en chêne sombre et m'aplatis au sol, juste au moment où la porte s'ouvrait.

Je tendis l'oreille. Le comte n'était pas seul ; il parlait à quelqu'un, mais je n'entendais pas ce qu'il disait.

Puis il ferma la porte et les voix me parvinrent plus distinctement.

– Oh, le poète Byron lui-même n'aurait pas pu l'exprimer avec plus de brio, monsieur le comte, disait une voix mielleuse. (Plörnischer, évidemment.) D'ailleurs, j'ai toujours pensé que si monsieur le comte avait consacré son talent à l'art dramatique (Atchoum !) ou à la poésie, il serait devenu le plus grand poète de notre temps ! Quel bonheur de vous écouter parler, monsieur le comte, croyez-moi.

Je ne les voyais pas, mais je devinais d'où venaient leurs voix. Celle du comte Karlstein se dirigea directement vers moi lorsqu'il dit :

– Vous êtes un idiot, Plörnischer.

Quelque chose de mou tomba sur le coffre, couvrant l'espace où je me trouvais et me plongeant dans le noir. C'était le manteau du comte. Je l'entendis renifler.

– Il y a quelque chose qui brûle, on dirait. Vous ne sentez pas ? demanda-t-il.

– Hélas ! Je ne sens rien, monsieur le comte. (Atchoum !) Mais regardez ! Sur votre bureau ! Quelqu'un est venu ici avec une bougie !

« C'est la fin ! » pensai-je alors. Ils allaient fouiller la pièce, me découvrir et me jeter dans un donjon, ou bien m'abattre sur-le-champ. Mais le comte Karlstein se contenta d'éclater de rire.

– Je suppose que Frau Muller a engagé une nouvelle servante. Ce n'est pas trop tôt ! Cette souillon qui s'est tordu la cheville est alitée et s'empiffre à mes frais sans travailler ! Quant à l'autre, la fille de l'auberge, c'était une incapable. Une sale petite fouineuse qui ne savait rien faire de ses dix doigts ! Servez-moi un peu de brandy, Plörnischer.

Ouf ! J'entendis le comte s'asseoir dans son fauteuil et un bruit sourd comme s'il posait ses pieds sur le bureau. Il y eut un tintement de verre, suivi du bruit délicat d'un liquide que l'on verse.

– Servez-vous un verre, dit le comte. Et apportez-moi donc un des cigares qui se trouvent dans le coffret.

– Vous êtes très aimable, monsieur le comte. Je considère cela comme un honneur.

Il y eut un moment de silence, pendant lequel l'odeur du tabac flotta jusqu'à mon étroite cachette.

– Vous savez, Plörnischer, reprit le comte d'un ton méditatif, je ne me suis pas senti aussi serein depuis… dix ans au moins. C'est un étrange sentiment. Je ne sais pas comment le décrire.

– Je suis fasciné, monsieur le comte.

– Hmmm. Quand vous prenez des risques, vous devez être prêt à affronter le danger… Je crois que je ne recommencerai jamais plus.

– Quoi donc, monsieur le comte ?

– Conclure un arrangement avec… le prince des Ténèbres.

– Ah… euh… un marché… Je sais bien que cela ne me regarde pas, comte Karlstein, mais… euh… je dois avouer une certaine curiosité, si vous voulez bien me pardonner…

Le comte laissa échapper un ricanement amer.

– Ah ! Vous voulez savoir de quoi il s'agit, hein ? C'est bien cela ?

– J'en serais très honoré, monsieur le comte…

– Soit. Maintenant que tout est terminé, je peux bien vous en parler. Il y a dix ans, j'étais un homme pauvre, Plörnischer. Sans espoir, sans perspectives… sans rien. Je vivais dans le nord, dans les montagnes du Harz, près du Brocken… J'étais soldat. En tant que fils cadet, je n'avais rien. Mon imbécile de frère aîné avait hérité de tout. Alors, j'ai conclu un arrangement avec Zamiel. Je lui procurerais… vous voyez de quoi je veux parler et, en échange, j'aurais une grande propriété, un nom honorable et beaucoup d'argent. Nous avons signé un document. Avec notre sang, Plörnischer.

J'imaginais le petit homme mielleux tremblant de manière mélodramatique. Le comte poursuivit :

– J'ai compris ce que cela signifiait un mois plus tard environ. La propriété de mon père était modeste ; il s'agissait d'une simple ferme, en réalité. Seuls mon frère si pieux et sa grosse épouse pouvaient s'en contenter. Eh bien, Zamiel m'a demandé de les tuer.

– Hein ?

– Et je l'ai fait. J'ai mis le feu à la ferme, je les ai réduits en cendres tous les deux. J'étais le suivant sur la liste des descendants, mais je ne voyais pas à quoi pouvait me servir un tas de ruines fumantes. C'est alors que j'ai découvert l'intelligence de Zamiel. Le lendemain même, j'ai reçu une lettre de Genève m'informant que le propriétaire de ce domaine, c'est-à-dire moi désormais, était l'héritier d'une bien plus grande propriété : le château des Karlstein ! Et je suis ici aujourd'hui. Mais comme je vous le disais, je ne le referais pas. Pas comme ça en tout cas. Oh, non !

– Personnellement, je n'en aurais jamais eu le courage, monsieur le comte. Je vous tire mon chapeau. Je salue votre audace. Voilà un sombre et dangereux marché, en effet. Il fallait des nerfs d'acier et un cœur de glace pour mener l'opération à bien !

– Il n'y a aucun risque de voir surgir l'autre prétendant à l'héritage, l'avocat a été clair sur ce point. Le domaine m'appartient pour de bon, Plörnischer. Pour de bon ! Que dites-vous de ça ?

– Vous faites honneur à ce titre en le portant, monsieur le comte.

– Asseyez-vous donc, Plörnischer, et cessez de vous incliner devant moi ! ordonna le comte d'un ton las.

Une chaise racla le sol. Le comte Karlstein poursuivit :

– Il va falloir que je pense au mariage maintenant. Ah ! Avoir un héritier ! J'aurais dû m'en occuper plus tôt, sans doute, mais avec ce marché qui planait audessus de ma tête…

– Le titre vous appartient pour de bon, monsieur le comte, dit Plörnischer, avec moins d'emphase cette fois et en s'efforçant, comme toujours, de s'accorder à l'humeur de son interlocuteur, sans trop savoir toutefois quelle était l'humeur du comte à cet instant.

Moi-même, je n'aurais pas voulu me prononcer. Jamais je n'avais vu le comte aussi méditatif. Et ce n'était pas rassurant : on aurait dit les rêvasseries d'un ours vorace.

– Pour de bon, répéta-t-il lentement. Curieuse expression, vous ne trouvez pas ? Pour de bon. Pourquoi pas, après tout, hein ?

– Pourquoi pas quoi, monsieur le comte ?

– Pourquoi ne pas passer le restant de ma vie... à être bon ?

– Voilà une idée surprenante ! Ô combien étrange !

– Pourquoi donc ? répondit le comte plus sèchement. Il sortait ses griffes pour attiser la nervosité de Plörnischer et se distraire.

– Oh ! C'est très original... très inattendu..., répondit le secrétaire sans grande conviction.

– Idiot ! Et pourquoi pas ? Je me demande quel effet ça fait...

– D'être bon ?

Plörnischer tenta un petit rire sophistiqué.

– Il y a forcément un intérêt. Les gens ne font rien sans en retirer un avantage quelconque, Plörnischer. Cela peut paraître invraisemblable, je le reconnais, mais on doit y trouver un certain plaisir. Posez-vous cette question : aimez-vous les olives ?

– Oh, merci, monsieur le comte ! Merci infiniment...

– C'était une question, idiot ! Je ne vous en proposais pas. Et le caviar ? Vous aimez le caviar ?

– C'est délicieux...

– Et la première fois que vous en avez mangé, avez-vous aimé ça ?

– Non, pas du tout.

– Pourtant, vous avez continué à en manger, n'est-ce pas ? Vous voyiez bien que les autres aimaient ça, et vous vous disiez que c'était sûrement bon. Non ? Et, finalement, vous avez découvert que vous aimiez ça.

– Exactement, monsieur le comte ! Voilà une brillante analyse !

– Eh bien, ce sera la même chose pour la bonté.

Il y eut un silence. J'imaginais Plörnischer en train d'assimiler ce raisonnement et de se demander, non pas s'il était exact, mais plutôt si le comte y croyait, et dans quelle mesure cela risquait de l'affecter personnellement. Quant à moi, j'étais horrifiée, encore plus par cette idée que par l'aveu du meurtre de son propre frère. Je pensais alors, je continue à le penser, et je le penserai encore dans ma tombe, qu'il faut être bon et faire le bien sans y chercher le moindre intérêt. L'idée que quelqu'un puisse faire le bien uniquement pour y trouver un étrange plaisir me glaçait d'effroi car, si ce plaisir s'atténuait, cette personne ne risquait-elle pas de s'adonner tout aussi facilement à la cruauté ?

Le comte avait repris son discours :

– Il y a beaucoup à faire au village. Les gens sont pauvres, les maisons tombent en ruine, des hommes âgés n'ont pas de travail, des femmes âgées n'ont pas de vêtements chauds... Je pourrais changer tout cela. En un clin d'œil !

– Oui, sans doute, monsieur le comte, répondit Plörnischer, prudent.

– Je pourrais commencer dès demain, lors du concours de tir ! Pourquoi pas avec un prix exceptionnel ? Un sac d'or offert par le comte Karlstein ! Ou mieux : un banquet pour tous les villageois ! Vous croyez que ça leur plairait ? Je ferais un discours pour leur annoncer mes projets.

– Vos projets, monsieur le comte ? Déjà ?

– Resservez-moi un peu de brandy, mon ami. Oui, des projets ! C'est facile. Je construirai un hôpital ! Que dites-vous de ça ?

– C'est très généreux ! Magnifique !

– Des toits neufs pour toutes les maisons du village…

– Fantastique !

– Des chaussures neuves pour tous les enfants…

– Sublime ! Incomparable !

– Une nouvelle cloche pour l'église… des asiles pour les vieux… un abreuvoir pour les chevaux…

– C'est sans égal ! Sans équivalent !

– Ah, Plörnischer ! C'est une expérience nouvelle ! Faire le bien… Je sens que ça pourrait durer toute une vie, cette affaire. Je pourrais faire tant de choses ! Je me demande…

Sa voix mourut tandis qu'il songeait à sa future sainteté et, dans ce profond silence, j'entendis, tout en bas semblait-il, le puissant mécanisme de l'horloge du château qui se remettait en branle. Elle avait sonné un coup la fois précédente : quelle heure allait-elle sonner maintenant ?

Un coup… deux…

– Quand je serai mort… disait le comte.

Trois… quatre… cinq…

– … tous les petits enfants pleureront…

Six… sept…

– … les écoles du village fermeront leurs portes pendant une journée…

Huit… neuf…

– … et tous les enfants viendront au château…

Dix… onze…

– … avec des bouquets de fleurs… pour ce brave comte Karlstein !

Douze !

Minuit !

Loin d'ici, dans la forêt, que se passait-il ? Oh, que se passait-il à cet instant ? L'heure choisie par Zamiel avait sonné ! Et…

Très faible, à peine audible, aussi faible et étouffée que le rêve du souvenir d'un rêve, une note de cor de chasse s'insinua dans le silence.

– C'était quoi, ça ? demanda le comte d'une voix tendue.

Le cor se fit entendre de nouveau. Ce n'était pas un son clair et joyeux, synonyme de soleil, d'air frais et de feuilles tachetées de lumière ; c'était quelque chose de plus sauvage, plus glacial, beaucoup plus terrible. Le cor de chasse de Zamiel !

J'entendis Plörnischer traverser la pièce à toutes jambes pour tirer le rideau.

– Laissez ça, imbécile ! rugit le comte.

– Mais j'ai entendu…

– Chut !

De nouveau, plus proche cette fois, à une lieue ou deux peut-être, et si haut qu'il semblait provenir de l'immensité nue et glacée du ciel, le son du cor se fit entendre. Suivi d'un grondement semblable aux premiers murmures du tonnerre : des sabots ?

– Zamiel..., dit le comte d'une voix remplie d'effroi. Non, c'est impossible... C'est mon cœur qui s'emballe ! Approchez, Plörnischer, posez votre main sur ma poitrine, touchez mon cœur ! Vous le sentez ? Vous le sentez s'emballer ?

– Oui, en effet, il bat à tout rompre, monsieur le comte. C'est bien cela... pas le moindre doute. Vous devriez vous allonger, comte Karlstein... Peut-être qu'un verre de brandy...

– Qu'est-ce qui m'arrive ? demanda le comte.

L'effroi avait cédé la place dans sa voix à une perplexité pleine de colère.

– Calme-toi ! s'ordonna-t-il. Cesse de paniquer. Ressaisis-toi... Tout va bien...

Je m'étais retournée dans ma cachette, si bien qu'en soulevant légèrement le manteau du comte, je pouvais voir la scène. Plörnischer aidait le comte à marcher jusqu'au fauteuil. Lui-même était blême, mais le comte avait une tête épouvantable : son visage s'était comme assombri, il avait un regard de fou, et ses mains griffaient convulsivement les bras du fauteuil. J'aurais juré voir ses cheveux se dresser sur son crâne. Jamais je n'avais assisté à pareille manifestation de terreur ; j'en avais la chair de poule.

Et dehors...

Le comte repoussa violemment Plörnischer et le petit homme, semblable à un rat, tomba, se tortillant sur le sol pour se mettre à l'abri. Le comte jaillit de son fauteuil et se précipita vers la fenêtre en se cachant le visage, puis il bifurqua sur le côté et se plaqua, dos au mur.

– Après tout, il est normal qu'il se fasse entendre..., dit-il dans un souffle, comme s'il essayait de se rassurer. Il ne peut pas chasser en silence, n'est-ce pas ?... Mais pourquoi vient-il par ici ? Il devrait retourner au Brocken maintenant qu'il a chassé. A cette heure, il a dû trouver ses proies... il est minuit passé...

Un mugissement clair et sauvage, le cri d'une créature constituée uniquement de voracité féroce, transperça l'air pesant, telle une aiguille. La meute ! Le comte l'avait entendue lui aussi et il sembla se ratatiner sur lui-même, comme si une énorme main invisible avait plongé dans sa poitrine pour lui broyer le cœur. Il glissa le long de la tapisserie en levant une main devant lui. Son visage avait la couleur d'un nuage d'orages ; un bleu violacé, presque noir. Et je pensai alors : « Va-t-il succomber à une crise cardiaque ? » Un de ses yeux (constatai-je avec horreur) était si injecté de sang qu'il semblait sur le point d'éclater et de déverser une cascade de larmes écarlates.

– Non, non... C'est mon imagination ! Ce n'est pas Zamiel... il est minuit passé... Il ne vient pas pour moi, si ? Non, pas pour *moi !* Je lui ai offert ses victimes, n'est-ce pas ? Non ! Non !

Des gémissements et des reniflements provenaient de la table et je détachai mon regard de l'horrible spectacle du comte pour voir Plörnischer en proie à la plus extrême terreur, et dont les genoux s'entrechoquaient, essayer de tirer la nappe sur sa tête pour se cacher.

De nouveau la meute, plus près, beaucoup plus près ! Et des cris, qui ne provenaient pas d'une gorge humaine, des bruits de sabots plus tonitruants que tous ceux qui avaient jamais foulé notre bonne terre, et les claquements d'un fouet, aussi long et cruel que la langue d'un éclair. A l'extérieur de la tour, l'espace était envahi par le vacarme de la chasse Sauvage qui approchait à toute allure : les aboiements de la meute qui vibraient dans l'air et résonnaient contre les pierres, tremblantes devant cette force impitoyable. Je récitai une prière. Le comte s'accrochait à la tapisserie en criant :

– Non ! Non ! Pas moi ! Je suis un homme bon ! J'ai décidé d'être bon ! *Je me suis repenti !*

Soudain, une voix aussi profonde que les racines des montagnes, aussi majestueuse que le tonnerre qui éclate entre elles dit :

– Trop tard !

Les carreaux de la fenêtre tremblèrent, la flamme de la bougie dansa furieusement et les tapisseries se décollèrent des murs comme si un vent violent soufflait à travers les pierres. Le comte Karlstein chancela.

– Non ! Non ! s'écria-t-il. Il n'est jamais trop tard !

– Trop tard ! Minuit est passé ! Où est ma proie ?

– Dans le pavillon de chasse. Je les ai enfermées... Je le jure !

La voix terrible répéta :

– Trop tard ! Trop tard !

– Non, non…

– Voilà dix ans que j'attends cette nuit. Où est ma proie ?

– Je les ai conduites là-bas moi-même ! J'ai verrouillé la porte !

– Le pavillon de chasse était vide, Heinrich Karlstein !

– Non, je ne peux pas y croire ! Non… c'est impossible !

Une rafale de vent, plus puissante que toutes celles ayant jamais frappé ces pierres pendant mille ans ou plus, je le jure, s'empara de la tour et la secoua comme un homme peut secouer un arbrisseau en le serrant dans son poing. Le comte Karlstein tomba à genoux, et ses yeux (l'un injecté de sang et l'autre à ce point exorbité par la peur que je craignais de le voir jaillir de son orbite) roulèrent dans tous les sens à la recherche d'un abri.

Mais il n'y en avait pas. Car une fois de plus, la voix forte du diable chasseur, aussi sonore que les grandes orgues, éraillée par des accents de brutalité tranchante et faussée par des notes de moquerie discordantes, envahit la pièce et la submergea comme une lame de fond balaierait un navire brisé à la dérive sur une mer déchaînée.

– Il est minuit passé, comte Karlstein !

– Non, non, je vous en supplie !

– Il y a dix ans, nous avons conclu un marché. Aujourd'hui, je viens chercher mon dû…

– Non ! Non !…

Les carreaux de la fenêtre explosèrent, les lourds rideaux se soulevèrent et se rassemblèrent telles de gigantesques mains et, soudain, ce n'étaient plus des rideaux, ni des mains, mais une cape gonflée par le vent, attachée par un fermoir enflammé. Et l'être qui portait cette cape n'avait pas de visage, pas de corps, pas de bras, pas de jambes ; il n'était fait que de ténèbres insondables. Et ces ténèbres éclatèrent de rire ; la pièce fut envahie par les aboiements des chiens ; les bruits et l'obscurité se jetèrent sur le comte Karlstein, s'emparèrent de lui, le broyèrent comme une vulgaire feuille de papier et le laissèrent retomber par terre, mort.

Quant à ce qui se passa ensuite, je n'en ai pas la moindre idée, car je m'évanouis. Mais, quand je revins à moi – il n'avait pas dû s'écouler plus d'une minute ou deux –, la bougie était éteinte et seul le clair de lune illuminait la pièce, l'enveloppant d'une lueur argentée et froide, de la fenêtre brisée (les rideaux déchirés et arrachés pendaient de chaque côté) à la table renversée. Le comte Karlstein gisait (face contre terre, Dieu soit loué !) au centre, et le secrétaire avait pris la fuite. Au-dehors, un tourbillon sonore qui provenait peut-être de mon imagination s'atténua dans le ciel lointain. A part cela, tout était silencieux.

Je me relevai en tremblant et j'avançai à tâtons jusqu'à la porte. Après ce que je venais de voir, je n'avais plus peur des domestiques du château. Je dévalai l'escalier sans chercher à me cacher. Le grand hall était désert ; le feu couvait dans la cheminée et les braises étaient l'unique source de lumière. Alors que je cherchais autour de moi un bout de chandelle que je pourrais allumer grâce aux braises rougeoyantes, j'entendis des voix aiguës et affolées, et je tournai la tête pour voir ce qui se passait.

Frau Muller, suivie de près par Plörnischer, traversait le hall à toute vitesse ; on aurait dit deux petites souris miteuses. Elle était vêtue d'une robe de chambre et coiffée d'un bonnet de nuit, et tenait à la main un sac en tapisserie. Son visage n'était plus le même, comme s'il s'était ratatiné et que son nez et son menton s'étaient rapprochés. Elle avait l'air d'une folle échappée de l'asile. En me voyant, elle poussa un cri strident et pointa vers moi un doigt rageur en marmonnant ; c'est alors que je découvris qu'elle n'avait pas de dents ! Elle portait un dentier ! Je l'ignorais. Sans doute l'avait-elle oublié à côté de son lit… Quoi qu'il en soit, elle resserra les pans de sa robe de chambre et me tourna le dos pour s'enfuir. Quant à Plörnischer… je crois que, de toutes les choses que j'ai vues dans ma vie, celle-ci était la plus étrange et la plus pathétique. Car, quoi que l'on ait pu penser de cet homme, c'était un adulte, et pourtant, il courait derrière Frau Muller en gémissant de peur et il essayait de lui prendre la main…

Ils ouvrirent en grand la porte à double battant et se volatilisèrent dans la nuit. Je ne les revis plus jamais.

Chapitre 2

Le soleil, le chant des oiseaux et le miroitement de la rivière, tout cela sous un grand ciel bleu… On aurait pu croire qu'une créature comme Zamiel n'existait pas, pas plus que l'obscurité ou les douze coups de minuit. Le village offrait son plus bel aspect. La rosée (il avait gelé un peu plus tôt, mais le soleil avait rempli son office) conférait aux pierres du pont et des maisons l'éclat de la peinture fraîche et l'air picotait comme l'eau minérale qu'ils mettaient en bouteille à Andersbad, un peu plus bas dans la vallée.

J'avais laissé le château aux mains de Frau Wenzel, la cuisinière. Elle avait entendu les terribles bruits en provenance de la tour et, quand j'étais redescendue, je l'avais trouvée, ainsi que Susi Dettweiller, Johann et Adolphus, tremblant dans la cuisine. Maintenant que Frau Muller et Plörnischer avaient disparu, il était évident que la vieille cuisinière devenait la responsable.

Je ne pouvais pas rester là-haut. Il fallait que je sache ce qui était arrivé aux filles et nous étions convenus de nous retrouver au village si tout s'était déroulé conformément au plan de Miss Davenport. De plus, c'était aujourd'hui le jour du concours de chasse et je devais penser à Peter… Je tremblais d'impatience et de curiosité.

Mais je venais d'arriver sur la place du village et il n'y avait personne. Là, devant le Joyeux Chasseur, le vieux Conrad était en train de nettoyer le perron avec un seau et une serpillière, bien qu'il soit déjà si propre qu'on aurait pu y prendre le petit-déjeuner. Un petit-déjeuner ! A cette simple idée, je faillis m'évanouir tant j'avais faim.

– Où t'étais passée, toi ? me demanda le vieil homme en descendant du perron pour me laisser entrer. Fais attention où tu marches. Soulève le bas de ta robe, la laisse pas traîner où c'est mouillé. T'es toute crottée ! Où que t'étais donc ?

– Ici et là, répondis-je. Peter est rentré ?

Il fronça les sourcils, jeta des coups d'œil autour de lui et mit son doigt sur ses lèvres. Je me souvins alors que Peter était toujours un hors-la-loi.

– J'en sais rien, murmura-t-il. Ce gars-là, c'est un sacré énergumène.

L'horloge de l'église sonna sept heures.

– Quelqu'un est levé ou bien sont-ils tous encore au lit ?

– Où que t'étais donc la nuit dernière ? T'as pas entendu tout ce raffut là-haut ?

– Où ça ? demandai-je d'un ton innocent.

– C'était le soir de la fête des Morts. T'as de la chance qu'il te soit rien arrivé, ma petite. Cette nuit-là, faut pas aller se promener, faut rester enfermé chez soi et réciter des prières.

– L'essentiel, c'est que je sois ici ce matin. Maman est levée ? Ça m'étonnerait qu'elle soit encore au lit.

– Allons, tu connais ta maman. A ta place, je me dépêcherais d'aller lui donner un coup de main ; elle a un tas de clients à nourrir. Je sais pas ce qu'on va faire de toi. Tu avais une bonne place là-haut, au château, et il a fallu que tu te fasses renvoyer ! Et maintenant, voilà que tu traînes dehors toute la nuit. Ah, vous allez faire mourir votre pauvre mère, ton gredin de frère et toi...

Je le laissai grommeler tout seul et m'empressai d'aller dans la cuisine. Maman était en train de battre des œufs dans une grande casserole pendant qu'Hannerl faisait chauffer de l'eau pour le café. Quand elles me virent, elles poussèrent toutes les deux un petit cri, lâchèrent ce qu'elles tenaient dans les mains et se précipitèrent vers moi. Curieusement, je me sentis gênée.

– Oh, Hildi chérie ! Tu es saine et sauve ! Dieu soit loué !

Maman me plaqua contre sa poitrine, presque au point de m'étouffer. Quant à Hannerl, elle avait joint les mains et me regardait avec, dans ses grands yeux bleus, une muette et stupide question. Je dus hausser les épaules, tant bien que mal à cause de ce tendre étau maternel.

– Il n'est pas encore revenu, alors ? dis-je dès qu'elle m'eut libérée.

– Tu ne l'as pas vu, toi non plus ? demanda maman, le visage ravagé par l'inquiétude.

Je fis non de la tête.

– Il ne va pas tarder, dis-je. Et je suis sûre qu'il voudra un énorme petit-déjeuner lui aussi.

– Oh, mon Dieu ! Les œufs !

Maman courut vers la cuisinière, juste à temps pour sauver les œufs d'un désastre carbonisé.

– Crois-tu qu'il est en danger, Hildi ? demanda Hannerl.

– Je suis sûre que non. Je ne sais pas où il se trouve, mais je suis sûre qu'il n'est pas…

Je laissai ma phrase en suspens, car je ne voulais pas prononcer le mot « mort ». Mais qu'en savais-je ? J'avais entendu l'effroyable voix du démon affirmer que le pavillon de chasse était désert, mais qu'est-ce que ça prouvait ? Peut-être avait-il tellement apprécié la première part qu'il était revenu en chercher une autre.

Je haussai les épaules en signe d'impuissance. Hannerl renifla et cligna des paupières avant de se remettre au travail.

Devais-je leur parler de ce qui s'était passé cette nuit ? Non. Je ne pouvais pas, ce n'était pas le bon moment. De plus, je voulais oublier cet épisode, si possible. C'était trop effrayant, trop accablant. Alors, pour m'occuper l'esprit, je les aidai à faire à manger. Ce fut certainement le plus gros petit-déjeuner jamais servi au Joyeux Chasseur. L'auberge était pleine à craquer. Les plats et les couverts familiers, les odeurs et les sons chaleureux semblaient effacer les mauvais souvenirs de la nuit comme un bon bain chaud. Hannerl et moi servîmes le petit-déjeuner puis nous débarrassâmes et fîmes la vaisselle et, à deux, nous eûmes vite terminé. D'autant que la plupart des clients n'étaient pas d'humeur à s'attarder ; ils ne pensaient qu'à une seule chose : le concours.

Dès que je le pus, je sortis voir ce qui se passait. Le concours était organisé sur la place du village, et quelques hommes étaient déjà là, en train d'installer pour le maire une estrade surmontée d'un auvent rayé. Je les regardai faire pendant une minute ou deux avant de repartir. C'était plus fort que moi, j'étais nerveuse. A cause de Peter, de Frau Wenzel et de Susi (Frau Muller et le secrétaire allaient-ils revenir ?), mais surtout à cause de Lucy et de Charlotte.

Les deux premières personnes arrivées sur la place, en plus des ouvriers et de moi, n'étaient autres que Max et Eliza. Je ne les remarquai pas tout de suite car ils étaient assis sous les arbres et semblaient très abattus. Je me précipitai pour les saluer et deux visages de six pieds de long se tournèrent vers moi.

Ils me demandèrent ce qui s'était passé la nuit dernière et je dus raconter toute l'histoire de A à Z, ponctuée par leurs « Oh ! » et leurs « Ah ! ». Mais ils n'avaient pas vu les deux fillettes, ni Peter et, quand j'eus terminé mon récit, je m'assis sur le banc à côté d'eux pour partager leur profonde mélancolie.

– Eliza, mon amour, on est dans un sacré pétrin, dit Max.

– C'est horrible, Max ! s'exclama-t-elle. Ton maître a été arrêté et…

– Oh, je l'avais complètement oublié, dis-je.

– C’est l’injustice du destin, Hildi, soupira-t-il. Tout arrive en même temps, et rien que des mauvaises choses.

– Je suis sûre que Miss Davenport ne reviendra jamais, dit Eliza d’un ton misérable.

– Et pourquoi donc ? demandai-je.

– J’ai eu un étrange pressentiment quand elle est partie hier. Comme si mon cœur se mettait à galoper. Dans le temps, j’avais un chaton et, un jour, j’ai ressenti cette même impression. Eh bien, trois semaines plus tard, le chaton est mort ! Comme ça, brutalement, dans des circonstances mystérieuses. Je suis sûre que Miss Davenport est tombée dans un ravin…

– Peu importe. Il ne me reste presque plus un sou, dit Max, au comble du désespoir. Il faut regarder la vérité en face, mon trésor, on va devoir se séparer. Je ne peux plus t’épouser maintenant. Je ne peux pas te demander de partager la vie d’un miséreux.

– Allez, ouste ! Vous ne pouvez pas rester ici, lança une voix dans notre dos.

En nous retournant, nous découvrîmes le vieux Gunther, le boulanger, qui transportait un appareil en bois visiblement complexe. Il me salua d’un hochement de tête solennel.

– Quelle est cette chose ? demandai-je.

– C’est la cible ! expliqua Gunther. Pour le concours. C’est là qu’on va l’installer. Vous voulez pas vous faire tirer dessus, je parie ?

– Ce n’est pas une mauvaise idée, répondit Max d’un ton si désespéré que je ne pus m’empêcher de rire.

– Quelle est la récompense ? demanda Eliza.

– Cinq couronnes d'or, répondit Gunther en déposant sa construction en bois sur le sol pour commencer à en dévisser certaines parties. Plus le titre de garde forestier en chef. Un très grand honneur !

– Oh, Maxie, tu devrais y participer ! Peut-être que tu pourrais gagner ! dit Eliza.

– C'est très bien tout ça, mais j'ai pas de fusil… je te le rappelle.

– Oh, zut, j'avais oublié, dit-elle tristement. La question est réglée, alors.

Nous nous éloignâmes pour permettre à Gunther d'installer la cible.

Au bout d'un moment, Max dit :

– Je me demande ce que vont devenir ces deux gamines.

– Il n'y a plus personne pour s'occuper d'elles, dit Eliza. A mon avis, elles seront confiées au tribunal.

– En tant qu'orphelines, tu veux dire ? Comme moi. Je suis un enfant trouvé. J'ai pas eu de famille. Les pauvres petites choses… avec tout ce qu'elles ont déjà enduré. Si je remportais ce concours… Mais inutile d'y penser, j'ai pas de fusil. N'en parlons plus.

Soudain, Eliza sursauta en poussant un petit cri aigu comme si elle venait d'être piquée par une guêpe et secoua Max par le bras.

– Maxie !

– Quoi ?

– Ton trombone !

– C'est pas un trombone, Eliza, c'est un cor de cocher…

Mais Eliza ne l'écoutait pas, elle s'était tournée avec vivacité vers le vieux Gunther.

– Excusez-moi, monsieur, dit-elle en exécutant une jolie révérence, si bien que le boulanger s'interrompit dans sa tâche pour la regarder avec intérêt. Pouvez-vous m'expliquer, je vous prie, les règles du concours de tir ?

– Mais certainement ! Vous voyez cette petite paille avec la plume plantée dedans ? Elle est reliée à cette partie que vous voyez là, qui elle-même est reliée à un ressort dessous. Si les concurrents touchent la cible en plein centre, la plume s'envole. C'est tout. Mais attention, c'est pas aussi simple que ça en a l'air.

– Ils tirent à tour de rôle, n'est-ce pas ? dit Max.

– Oui. Mais dès qu'un concurrent atteint le centre de la cible, c'est terminé. Peut-être que le premier tireur mettra dans le mille. Ou bien aucun... et ils devront recommencer.

– Faut-il absolument avoir un fusil ? demanda Eliza.

– Fusil, pistolet, canon... Ce que vous voulez.

– Tu entends ça, Maxie ? s'exclama-t-elle d'un air triomphant. Tu te souviens que Miss Davenport t'a montré comment tirer avec ton trombone ?

– C'est pas un trombone, Eliza, c'est un... (Il se tut soudain, comme s'il venait de comprendre ce qu'elle voulait dire.) Non, je ne pourrai pas, dit-il. Si ? Je me demande... Il faudrait que je m'entraîne. Non, je ne pourrai pas...

Je ne savais pas de quoi ils parlaient, mais je n'eus pas le temps de demander car, au même moment, deux petites silhouettes apparurent au coin de la maison du maire et s'arrêtèrent, l'air hébété, en regardant autour d'elles comme si elles cherchaient une personne qu'elles connaissaient.

– Miss Lucy ! Miss Charlotte ! m'écriai-je.

Elles coururent et je courus aussi. Max et Eliza m'emboîtèrent le pas et nous nous rejoignîmes tous à mi-chemin. La place du village commençait à se remplir et les gens nous observaient avec curiosité, ce qui n'avait rien d'étonnant car, à voir notre exubérance, on aurait pu croire que nous fêtions notre retour de l'au-delà. Et peut-être que... (cette pensée glaciale me traversa furtivement l'esprit) c'était le cas.

– Vous êtes saines et sauves ! m'exclamai-je.

– Que s'est-il passé ? demanda Eliza.

– Vous n'avez rien, alors, dit Max.

Tous en même temps.

Et Lucy répondit :

– Peter est arrivé juste à temps !

Et Charlotte ajouta :

– Oh, c'était affreux... Jamais vous ne pourriez imaginer ça. On a bien cru qu'on était perdu...

Pendant que nous échangions ces premiers mots, j'avais remarqué (et Eliza aussi) que les fillettes étaient trempées, frissonnantes et épuisées.

Je les ramenai avec moi au Joyeux Chasseur pour qu'elles s'assoient près du feu et qu'elles puissent manger et boire quelque chose. Maman fut aux petits soins pour elles et je la laissai faire, car elles avaient besoin d'être réconfortées. Max et Eliza demeurèrent assis dans un coin, bouche bée, alors que Lucy racontait ce qui s'était passé dans le pavillon de chasse.

Mais avant toute chose : où était Peter ? A l'abri, apparemment. Le visage d'Hannerl s'éclaira d'un large sourire, indépendant de sa volonté semblait-il, car elle était incapable de le contrôler. Pour l'instant, il se cachait dans un endroit sûr en attendant le début du concours. Il se montrerait à ce moment-là, mais il ne voulait pas courir le risque d'être repéré et arrêté avant même d'avoir pu tenter sa chance.

Pendant que Charlotte buvait du lait chaud en bâillant et en piquant du nez, Lucy, fumante comme un pudding devant le feu, expliqua comment Peter les avait sauvées, sa sœur et elle.

Il était arrivé un peu avant minuit et, lorsqu'il avait frappé violemment à la porte, elles avaient cru que c'était le démon en personne. La porte était verrouillée et il avait dû tirer dans la serrure pour entrer. Elles étaient sorties en courant et tous trois s'étaient cachés non loin du pavillon de chasse, car ils n'avaient pas eu le temps d'aller plus loin. Et, à minuit moins cinq… le diable chasseur était arrivé. Aucune des deux fillettes ne pouvait décrire ce qui s'était réellement passé, mais elles étaient sûres d'une chose : Peter ne s'était pas servi de son fusil, sauf pour faire sauter la serrure.

– Mais alors, comment avez-vous échappé au démon ? demandai-je.

– Oh, c'était terrifiant ! s'exclama Lucy. Zamiel était monté sur un cheval gigantesque, on aurait dit qu'il grimpait presque jusqu'au ciel… et tous ces chiens ! On les entendait tirer sur leurs laisses en bavant et en grognant. Tout à coup, Peter s'est levé et s'est adressé à Zamiel.

– Il a fait quoi ?

– Il l'a appelé, dit Charlotte. Il lui a dit : « Vous n'aurez pas ces filles ! Votre proie, c'est le comte Karlstein ! Allez donc le chercher ! »

Lucy enchaîna :

– Zamiel a dit alors : « Qui es-tu ? » Sa voix grondait comme un coup de tonnerre...

Charlotte reprit :

– Et Peter a répondu : « Je suis Peter Kelmar, un chasseur né libre ! »

Lucy ajouta :

– Et Zamiel a dit : « Un chasseur ? Je ne fais aucun mal aux vrais chasseurs, ni à ceux qu'ils protègent. Allez en paix ! »

Charlotte reprit :

– Zamiel a fait faire demi-tour à son cheval et ils se sont envolés avec la meute...

– Et vous savez quoi ? renchérit Lucy. Peter n'avait qu'une seule balle avec lui, la balle en argent ! Et il l'avait utilisée pour nous libérer !

– L'inconscient ! dis-je. Où avait-il la tête ?

– Quand il s'est dressé face à Zamiel, je n'ai jamais rien vu d'aussi courageux ! S'il n'avait pas réagi comme ça...

– Où est-il maintenant ? demanda Hannerl. A-t-il toujours le cheval avec lui ?

Charlotte expliqua où se cachait Peter et la jeune servante sortit précipitamment. Elle ramènerait le cheval à l'écurie, expliqua-t-elle, car Peter n'aurait pas le temps de le faire et le propriétaire de l'animal devait s'inquiéter.

Eliza semblait songeuse.

– Qu'allez-vous faire maintenant, mes petites ? demanda-t-elle. Miss Davenport pourrait vous prendre avec elle, je suppose... Je suis sûre qu'elle en serait ravie, mais la loi est très stricte pour ce genre de choses.

– Il faut que ce soit quelqu'un de la famille ou rien, confirma Max. Vous avez des cousins quelque part ?

– Non, personne, dit Lucy. Le comte Karlstein est notre seul parent.

– Était, rectifiai-je sans pouvoir me retenir.

Les fillettes se tournèrent vers moi, surprises, et à mon tour je leur racontai ce qui s'était passé dans la tour après minuit. J'omis quelques détails toutefois et je leur expliquai que leur oncle avait été victime d'une crise cardiaque et qu'il était mort subitement. Elles m'écoutèrent sans parler, sans bouger, sans me quitter des yeux. Et, quand j'eus terminé, elles restèrent muettes, le regard fixé au sol. Enfin, Lucy dit d'une toute petite voix :

– On est vraiment seules, alors.

– Assez de sottises ! s'emporta maman. Vous serez toujours les bienvenues ici, mes petites chéries ! Vous ne croyez quand même pas qu'on va vous chasser !

– C'est pas aussi simple que ça, m'dame, si je peux me permettre, dit Max. Étant moi-même un orphelin, je suis dans le métier comme qui dirait, et je sais comment ça se passe. Si vous avez aucun parent en vie, on vous envoie dans un orphelinat. C'est la loi. Mais c'est pas si affreux que ça, vous savez, ajouta-t-il en se tournant vers les fillettes. J'ai passé des sacrés bons moments à Genève quand j'étais gamin. Fallait voir comment on les faisait tourner en bourriques les braves vieilles qui dirigeaient cet endroit. Je me souviens d'une fois...

– Chut, Maxie, dit Eliza. On réfléchira à tout ça plus tard. Quand doit commencer ce fameux concours ? demanda-t-elle à maman en essayant de paraître enjouée, sans vraiment y parvenir.

Lucy avait les larmes aux yeux, mais elle les retint en clignant des paupières et fit mine de s'intéresser au concours elle aussi. Quant à Charlotte, elle était trop fatiguée pour ressentir quoi que ce soit.

– Oh ! s'exclama soudain Max. Je vous demande pardon, m'dame, mais vous auriez pas un pois sec, par hasard ?

Cette intervention brisa la tension et nous fit tous rire. Maman répondit qu'elle avait des pois secs, évidemment, et elle lui demanda combien il en voulait.

– Juste un, merci, répondit Max, ce qui nous parut encore plus étrange.

Elle alla lui chercher ce qu'il demandait et Max essaya de la payer, mais maman refusa. (Comment réclamer de l'argent en échange d'*un* pois sec ?). Sur ce, nous étions désormais tous prêts à sortir.

La place du village s'était remplie. L'estrade avait été dressée, l'auvent installé, et tous les habitants – tous ceux qui ne participaient pas au concours, du moins – semblaient s'être déplacés. On pouvait à peine bouger. Mais les ouvriers avaient planté des piquets et tendu une corde pour maintenir le public à l'écart de la zone de tir, et les compétiteurs se pavanaient devant l'estrade, sous les regards admiratifs des spectateurs. Ils adoraient attirer l'attention. Ils épaulaient leurs fusils, les mettaient en joue ; ils les tenaient d'une main pour tester leur équilibre, comme s'ils ne les connaissaient pas déjà par cœur ; ils faisaient rouler les balles dans leurs paumes, une par une, pour choisir la plus parfaite, celle qui filerait droit vers la cible. Mais aucune trace de Peter. Et que faisait donc Max, nom d'un chien ? Il essayait de coincer le pois sec dans l'embouchure de son cor mais, chaque fois, le légume traversait l'instrument et ressortait à l'autre bout, roulait dans l'herbe et nous devions nous mettre à genoux pour le chercher.

– Ça ne marche pas, Eliza, soupira-t-il. J'ai aucune chance de gagner.

– N'abandonne pas, mon chéri, dit-elle. Tiens, le voilà !

C'est alors que Lucy me prit par le bras.

– Regarde ! s'exclama-t-elle. Le docteur Cadaverezzi !

En effet, le génie en personne venait de faire son apparition dans le périmètre de tir, devant l'estrade… enchaîné ! Il était flanqué de l'agent Bigaurhnau et du sergent Haupiff. Un grand nombre de spectateurs et de concurrents avaient assisté à son numéro au Joyeux Chasseur et ils l'applaudirent avec chaleur en le voyant réapparaître. Il se retourna et voulut saluer, mais les policiers le poussèrent sans ménagement pour l'obliger à avancer. Soudain, Lucy se glissa sous la corde pour courir vers lui.

– Docteur Cadaverezzi ! Que se passe-t-il ? Pourquoi est-ce qu'ils vous emmènent ?

– Princesse Nephtys !

Cette fois-ci, il put s'incliner, d'un large geste plein de grâce qui obligea le sergent et l'agent à se plier en deux eux aussi pour ne pas le lâcher, si bien qu'on aurait dit trois diplomates saluant une petite princesse.

– Quel bonheur de vous voir, ma chère ! Je regrette seulement de ne pas pouvoir vous accueillir comme je le souhaiterais, mais...

– Dégage d'ici, ordonna le sergent à Lucy, ou sinon je vous arrête, toi et les autres.

– Sergent, dit le docteur Cadaverezzi, puis-je émettre une dernière volonté ?

Tous les regards étaient désormais fixés sur lui. Il savait captiver un auditoire, assurément ; c'était à la fois un don, supposai-je, et une sorte d'effronterie divine.

– Une dernière volonté ? dit le sergent. Mais ce n'est pas une exécution.

– Ah bon ? fit le docteur en regardant autour de lui d'un air étonné. En voyant tous ces fusils, j'ai cru que... Mais peu importe. Un jour, j'aurai l'occasion d'échapper à un peloton d'exécution au dernier instant... ou mieux : à la guillotine ! Ah, quel spectacle ! Mais qui vois-je... ? Ce brave Max ! Eh bien, comment vont les affaires ?

– Oh, pas très bien, docteur. Je dois dire que...

– Ça suffit comme ça, dit le sergent au docteur. Vous êtes en état d'arrestation. On a une longue route à faire ce matin.

– Il ne peut pas assister au concours de tir ? demanda Max.

– Oui, laissez-le regarder ! lança une voix dans la foule.

D'autres jaillirent :

– Il ne va pas s'échapper !

– Allez, laissez-le regarder le concours !

– Allons, sergent, dit l'agent Bigaurhnau en rassemblant tout son courage. J'avoue que ça ne me déplairait pas de regarder, moi aussi.

– Hmm, fit le sergent. Soit. Mais tenez-le solidement. Il est aussi insaisissable qu'une anguille.

– Merci, messieurs, dit le docteur Cadaverezzi en saluant de nouveau, vers la foule cette fois.

Chacun applaudit lorsque les policiers le conduisirent au bord de l'estrade et je le vis faire un clin d'œil à Lucy.

Une trompette retentit soudain et la foule s'écarta pour laisser passer les officiels.

– Oh, Maxie ! s'exclama Eliza d'un air affolé. Tu n'as pas eu le temps de t'entraîner avec ton trombone !

– C'est pas un trombone, Eliza. C'est un… Oh, et puis zut. Je ferai de mon vieux, voilà tout.

Le maire monta sur l'estrade. C'était un petit homme grassouillet, nommé Herr Kessel. Il était accompagné de Frau Kessel, son épouse, et d'une demi-douzaine d'hommes, tous tirés à quatre épingles, dont un vieux chasseur à la peau ridée que je reconnus : c'était lui qui avait appris à Peter à tirer.

– Qui est-ce ? murmura Eliza.

– Herr Stanger, dis-je. Je crois que c'est l'arbitre.

Le maire s'avança pour prendre la parole.

– Mesdames et messieurs ! De la part de tout le conseil municipal, de Frau Kessel et de l'épicerie Kessel, je vous souhaite la bienvenue à ce grand concours de tir destiné à déterminer lequel de tous ces excellents fusils, venus des quatre coins de la vallée et même de plus loin, est le meilleur !

Il s'interrompit pour reprendre son souffle et Charlotte se dévissa le cou pour mieux voir. Soudain, un mouvement agita la foule, tout près du Joyeux Chasseur. Était-ce un nouvel arrivant ? Un carrosse ? Difficile de voir quelque chose et, de toute façon, le maire avait repris la parole après avoir repris sa respiration.

– Nous avons l'immense privilège d'accueillir en cette occasion celui dont les exploits avec un fusil suscitent notre admiration depuis de nombreuses années. Je veux parler, bien entendu, de Herr Josef Stanger, l'arbitre de cette noble compétition.

Le vieux chasseur au visage ridé eut un petit moment d'hésitation, puis il s'avança devant cette foule immense en essayant de faire bonne figure.

– Bonjour, mesdames et messieurs, dit-il. Ce concours n'ayant pas lieu très souvent, je suis obligé de vous en rappeler les règles avant que nous commencions. Les noms de chaque participant se trouvent dans ce chapeau et l'ordre de passage sera déterminé par la main innocente de monsieur le maire. Un seul tir par personne et...

– Attendez !

C'était Max, qui jouait des coudes pour avancer.

– Qu'y a-t-il ? demanda l'arbitre en se penchant pour voir ce qui se passait.

– Est-ce qu'il est trop tard pour s'inscrire ?

– Non, dit l'arbitre. Inscrivez votre nom là-dessus et mettez-le dans le chapeau.

Max griffonna son nom sur la carte tendue par Herr Stanger, qui continuait à expliquer les règles. Il se glissa sous la corde et Eliza lui envoya un baiser. Lucy et Charlotte lui firent de grands signes. Max se frotta les mains et se protégea les yeux du soleil pour regarder la cible.

– Parfait ! dit l'arbitre. Et maintenant, si monsieur le maire veut bien avoir l'obligeance...

L'un des officiels tendit à Herr Kessel un chapeau à cornes dans lequel il plongea une petite main potelée avant de tendre une carte à l'arbitre.

– Le premier tireur est... Adolf Brandt ! annonça Herr Stanger.

L'un des concurrents se manifesta.

– C'est moi ! cria-t-il en s'avançant pour viser.

Il tira et la détonation résonna dans toute la place, mais la cible ne bougea pas d'un millimètre. Le tireur repartit, déçu. Tant d'espoirs reposaient sur un seul tir ! Déjà le deuxième concurrent visait la cible... avec le même résultat. Le troisième nom désigné par le sort fut celui de Rudi Gallmeyer, un gars du village, et les applaudissements fusèrent quand il s'avança pour tirer à son tour. Mais lui aussi manqua la cible.

– Ça doit être plus dur qu'il y paraît, commenta Lucy.

Deux autres noms furent appelés, deux autres coups de feu retentirent sur la place et deux autres tireurs déçus rejoignirent leurs camarades. Puis :

– Max Grindoff ! appela l'arbitre.

– Oh, Maxie ! C'est à toi ! s'exclama Eliza.

– Bonne chance ! s'écrièrent en chœur Lucy et Charlotte.

Max s'avança. Les spectateurs constatèrent alors qu'il n'avait pas de fusil et un murmure d'étonnement parcourut la foule pendant que Max mettait sa main en visière pour regarder la cible, qu'il introduisait quelque chose (le pois sec, je suppose) dans sa bouche et portait le long et brillant cor de cocher à ses lèvres. Il gonfla ses poumons et…

– Un instant ! lança l'arbitre. Quelle est cette chose ?

Max posa son cor.

– C'est une sarbacane, dit-il. Du Brésil.

Le maire, Herr Kessel, s'approcha du bord de l'estrade et toisa l'instrument d'un air désapprobateur.

– Je ne peux accepter cela, déclara-t-il. C'est une atteinte à la dignité de cette compétition.

L'arbitre, Herr Stanger, secoua la tête avec perplexité. A côté de moi, Eliza se mordillait la lèvre avec angoisse.

– Je ne sais pas quoi penser, dit le vieux chasseur. Il n'y a aucune règle qui lui interdit d'utiliser cet instrument, monsieur le maire. Nous n'avons jamais été confrontés à un pareil cas.

Max semblait de plus en plus gêné. Il regardait l'arbitre et je voyais bien qu'il réfléchissait. Il recracha le pois sec et dit :

– Le maire a raison. Ce concours est trop ancien et trop noble pour être remporté par une sarbacane, ce ne serait pas bien.

– Vous n'avez aucune chance de gagner en soufflant dans ce trombone ridicule, de toute façon, dit le maire avec mépris.

C'en était trop pour Eliza.

– C'est pas un trombone, monsieur le maire ! déclara-t-elle, très digne. C'est un cor de cocher !

– Un quoi ? fit le maire.

– Non ! Pardon ! Je voulais dire que c'est pas une trompe, c'est un tromb… Non ! Zut ! C'est…

– Peu importe, Eliza, dit Max.

Le public suivait cet échange avec beaucoup d'intérêt. Les gens s'étaient pris d'affection pour Max et ils approuvaient son respect des traditions. Il se tourna vers eux.

– Le fait est, mesdames et messieurs, que j'ai pas de fusil parce que mon pantalon a pris feu… Mais je ne vais pas rentrer dans les détails. Je me retire de ce concours car je ne veux pas le ridiculiser.

– Bravo, mon gars ! lança quelqu'un dans la foule.

– Qu'on lui prête un fusil ! cria quelqu'un d'autre.

Les autres concurrents hochèrent la tête en signe d'approbation. Rudi Gallmeyer regarda son fusil, puis le tendit à Max, qui s'inclina devant les tireurs.

– Messieurs, dit-il, ce geste vous honore. Je vous tire

mon chapeau pour saluer votre sportivité. Allons-y, alors...

Il épaula le fusil, visa et... ce qui se produisit ensuite n'est pas facile à décrire.

Je crois que, tout d'abord, Max dut trébucher sur une pierre et se tordre le pied, car il donna l'impression de glisser sur le côté et, en tombant, il dut presser la détente sans le vouloir. Mais le fusil tournoyait furieusement dans les airs, si bien que Max ne visa pas tout à fait là où il le souhaitait. De fait, la balle traversa le chapeau du maire, et le noble couvre-chef s'envola de la tête municipale comme si le docteur Cadaverezzi y avait dissimulé un ressort. Le maire plaqua la main sur son crâne chauve avec une stupéfaction outragée qui se transforma très vite en appréhension car cette formidable balle n'avait pas terminé son trajet. Elle sectionna ensuite une des cordes qui maintenaient l'auvent et le grand drap rayé tomba avec grâce sur l'épouse du maire, qui disparut dessous en poussant un cri aigu.

La toile était par ailleurs fixée à un grand et gros poteau qui bascula et tomba en plein sur le casque de l'agent Bigaurhnau. Celui-ci piqua du nez avec un cri d'effroi et se retint à la première chose qui lui tomba sous la main. Cette chose n'était autre que le pantalon du sergent Haupiff.

Le pantalon glissa sur ses chevilles dans une avalanche d'étoffe bleue, dévoilant un spectacle grandiose : le sergent portait un gigantesque caleçon taillé dans un tissu à rayures exactement semblable à celui dont la femme du maire essayait toujours de s'extraire en gesticulant et en braillant.

Tout cela se déroula en moins de temps qu'il n'en faut pour le décrire. En l'espace de quelques secondes, le chaos s'empara de la place. Il y eut une seconde ou deux de silence, durant lesquelles les gens essayèrent de comprendre ce qui s'était passé puis, comme un seul homme, ils se tournèrent vers celui qui était à l'origine de cet enchaînement : l'incomparable Max. Et ils l'applaudirent à tout rompre. Ils riaient, tapaient dans leurs mains, lançaient des encouragements... et les applaudissements les plus enthousiastes venaient du docteur Cadaverezzi.

– Bravo ! cria-t-il. Bravissimo ! Joli tir, Max !

Cependant, le spectacle le plus réjouissant était le visage de Max. Il restait planté là, abasourdi, à se gratter la tête, pendant que, autour de lui, le chahut et les rires se propageaient.

– Ça alors, je suis soufflé, dit-il. Comment c'est arrivé ?

–Vous avez manqué la cible, je le crains dit l'arbitre en s'efforçant de paraître sérieux pour ne pas offenser le maire.

– Ah. Vraiment ? dit Max. Merci pour le fusil, l'ami.

Il le rendit à son propriétaire et alla s'adosser contre la barrière derrière laquelle nous nous tenions, pendant que les officiers redressaient l'auvent, que le maire libérait son épouse et que le sergent Haupiff se retirait derrière l'estrade pour s'occuper de son pantalon. L'agent (hébété) et le docteur Cadaverezzi (rayonnant) durent l'accompagner, car ils étaient enchaînés tous les trois.

Alors que le candidat suivant prenait place, une voix familière s'éleva dans notre dos :

– Bonjour, les filles !

Elles se retournèrent avec un grand sourire.

– Miss Davenport ! s'exclama Lucy.

– Oh, Dieu soit loué..., soupira Charlotte.

Elles s'inclinèrent pour saluer le vieux monsieur qui se tenait derrière Miss Davenport. Celui-ci les salua à son tour, poliment, l'une après l'autre, et je reconnus l'avocat, Meister Haifisch, le squelette qui était venu voir le comte Karlstein (des semaines plus tôt, aurait-on dit, trois ou quatre jours seulement en réalité).

Miss Davenport vit que nous avions tous des questions plein la bouche. Elle leva la main.

– N'interrompons pas le concours, dit-elle. Lucy, tu es affreusement décoiffée. Quant à toi, Charlotte, tu ne t'es pas débarbouillée depuis avant-hier mais, à part cela, vous avez bonne mine, très bonne mine même. Je suis ravie de vous voir. Mais taisons-nous. L'arbitre va appeler un nouveau concurrent.

Le maire sortit une carte du chapeau et la tendit à Herr Stanger.

– Peter Kelmar !

Je sursautai. Peter, enfin !... Mais il n'était pas là ! Je devinais derrière moi la présence de maman et d'Hannerl qui se mordillaient les lèvres et se tordaient les mains. Moi-même je sentis mon cœur s'emballer.

– Le voici ! s'exclama Lucy en tendant le doigt.

En effet, Peter contournait l'estrade sans se presser, avec la plus grande décontraction. Du moins, il paraissait décontracté, et aux yeux des spectateurs, il devait paraître tout bonnement arrogant. Mais je savais qu'intérieurement, il était sans doute tendu comme une corde de violon et j'espérais que le danger et la fatigue de la nuit n'avaient pas perturbé la concentration qu'il avait réussi à rassembler pendant qu'il se cachait dans la cave. Il s'approcha du repère… Je croisai les doigts… Il épaula son fusil… Je retins mon souffle… C'est alors qu'il fut interrompu.

Le sergent Haupiff, tenant son pantalon d'une main et brandissant une matraque de l'autre, surgit de derrière l'estrade.

– Stop ! cria-t-il. Peter Kelmar, vous êtes en état d'arrestation ! Votre tête est mise à prix, jeune homme !

Peter demeura immobile un instant, puis il abaissa lentement son fusil, avant de regarder autour de lui. Qu'aurait-il fait ensuite, je l'ignore, car l'arbitre intervint :

– Non, dit-il avec fermeté. Je ne peux pas accepter cela. Tant qu'il participe au concours, ce doit être un homme libre, car le règlement précise que seuls les hommes libres peuvent y prendre part.

Le sergent Haupiff n'en revenait pas.

– Mais… je l'ai arrêté !

– Non, non, répondit l'arbitre, car il avait déjà commencé. C'est donc un homme libre !

Grâce à Max, le public était d'excellente humeur et il applaudit ce verdict. Le sergent Haupiff dut battre en retraite.

– Soit, grommela-t-il, mais seulement le temps de tirer. Ensuite, il est à moi.

– Libre à vous, sergent, dit l'arbitre. En attendant, si vous voulez bien vous éloigner…

Le sergent coinça sa matraque sous son bras et recula pour réparer son pantalon. Le public fit silence et Peter épaula son fusil pour la seconde fois.

Vous vous souvenez de ce que je vous ai dit au sujet de Guillaume Tell ? J'y repensai à cet instant. Car Peter ne tirait pas seulement pour remporter le prix, il jouait aussi sa liberté. Et les spectateurs le savaient. Je devais trembler comme une feuille, et tous les autres aussi. Mais c'est là la différence entre vous ou moi d'un côté, et un champion de l'autre. Car dans les mains de Peter, le fusil était aussi immobile qu'une statue de pierre. Il pressa la détente et, comme si elle n'attendait que ça, la plume s'envola.

Il avait atteint la cible ! Il avait remporté le concours !

Le public mit quelques secondes à comprendre… avant que n'éclatent les plus forts applaudissements que j'aie jamais entendus. Les gens lancèrent leurs chapeaux en l'air et se donnèrent de grandes tapes dans le dos en riant et en poussant des cris de joie.

Soudain, le sergent s'avança et la clameur cessa.

– Eh bien, mon garçon. Je te tiens maintenant, dit-il avec une évidente satisfaction.

– Pas si vite, répondit Peter. N'ai-je pas remporté le concours, Herr Stanger ?

– Si, dit l'arbitre.

– Me voilà donc chef des gardes forestiers ?

– C'est exact, dit Herr Stanger avec un petit hochement de tête.

– Et alors ? dit le sergent Haupiff.

– Alors, c'est un homme libre, déclara Herr Stanger, car seul un homme libre peut être chef des gardes forestiers !

Si les premiers applaudissements avaient été tonitruants, la seconde salve le fut encore plus. Hannerl faisait des bonds sur place, maman se tordait avec nervosité et je crus que l'auvent allait s'écrouler une nouvelle fois à cause du vacarme. Peter s'avança pour serrer la main du maire et on lui remit un parchemin avec un sac de pièces d'or ; il s'inclina respectueusement devant l'épouse du maire. Jamais on n'aurait pu croire que, cinq minutes plus tôt, ce jeune garçon était un criminel aux abois recherché par la police.

Tout aurait pu s'arrêter là ; nous serions tous rentrés chez nous pour déjeuner et l'excitation serait retombée. Mais c'était compter sans Miss Davenport. Et que fit-elle ? Après s'être glissée sous les cordes, elle gravit les marches de l'estrade et leva la main pour réclamer le silence.

– Monsieur le maire, dit-elle de sa plus belle voix de maîtresse d'école, puissante, claire, du genre « Réveillez-vous, là-bas au fond ! ». Mesdames et messieurs, j'ai une annonce importante à faire. Je suis navrée de gâcher votre joie en cette heureuse occasion, mais je suis dans l'obligation de vous informer que Heinrich, comte Karlstein, n'est plus.

Même ceux qui, dans le public, ne savaient pas qui

était le comte Karlstein – les visiteurs venus des vallées voisines – comprirent, au silence qui suivit, que c'était un homme important. Ils comprirent également, à l'étrange qualité de ce silence, plus intrigué qu'attristé, que ce n'était pas un homme très aimé par ceux qui le connaissaient.

Miss Davenport poursuivit :

– Comme il s'agit d'un événement qui nous concerne tous, j'ai jugé préférable de l'annoncer maintenant. Je cède la parole à Meister Haifisch.

L'avocat (tout le monde voyait bien que c'en était un ; sans doute à la façon un peu sèche et théâtrale dont il s'avança au centre de l'estrade) salua le maire, l'arbitre, l'épouse du maire et pour finir Peter (qui le salua à son tour avec toute l'autorité que lui conférait son nouveau rang) et il dit :

– Le corps du comte Karlstein a été découvert ce matin par un de ses domestiques. Il a été victime d'une attaque d'apoplexie durant la nuit. La question de l'héritage des Karlstein est très inhabituelle, c'est la raison pour laquelle nous devons la régler de cette manière inhabituelle. Tout d'abord, il y a ses deux jeunes nièces… Miss Lucy et Miss Charlotte.

– Oh ! hoqueta Eliza.

Charlotte glissa sa main dans la mienne. Qu'allait-il se passer ?

– Ces deux jeunes filles n'ayant plus aucun parent vivant, reprit l'avocat de ce ton précis et sec, elles sont déclarées pupilles sous tutelle judiciaire et devront être remises à l'autorité compétente.

Charlotte laissa échapper un petit cri. Lucy lui prit la main et toutes les deux se serrèrent l'une contre l'autre, un peu à l'écart. Nous les regardions, impuissants.

– Néanmoins, reprit Meister Haifisch, il y a une complication. J'ai en effet pu établir que feu le comte Karlstein n'avait en réalité aucun droit sur sa propriété.

Cette fois, tout le monde manifesta sa stupéfaction. Sauf moi, car j'avais déjà entendu l'histoire. Mais je ne m'attendais pas à cette annonce publique. Ce stupéfiant duo avait-il gardé un atout dans sa manche ? Miss Davenport paraissait particulièrement contente d'elle. Les spectateurs étaient tout ouïe, les yeux écarquillés et bouche bée, dans l'attente de la prochaine révélation.

– Le véritable héritier, dit l'avocat en promenant autour de lui un regard qui transformait la place du village en salle de tribunal et le maire en juge érudit, a été enlevé dans son berceau à la naissance, emmené à Genève, puis abandonné. Il a été élevé dans un orphelinat, puis il est devenu garçon d'écurie, soldat, et il a combattu Napoléon à la bataille de Bodelheim.

– Ça alors, je suis soufflé ! dit Max. Qui aurait pu imaginer une chose pareille ?

– Après la guerre, ajouta l'avocat, il est devenu cocher, puis simple domestique…

– Qu'est-ce que tu dis de ça ? demanda Max en s'adressant à Eliza. Incroyable, non ? Je me demande bien qui c'est.

Meister Haifisch posa un regard noir et appuyé sur Max, comme pour dire : « Tenez votre langue, mon ami, sinon je fais évacuer la salle. » Et il enchaîna :

– L'identité de cette personne demeure incertaine. Heureusement, il existe un indice révélateur. J'ai ici… (Il sortit de sa poche de gilet un objet trop petit pour qu'on le voie d'aussi loin et il le brandit devant lui)… une moitié de pièce en argent. L'autre moitié, fixée à une chaîne, a été placée autour de son cou par la misérable femme qui l'a enlevé quand il était enfant. Elle avait l'intention de réclamer une rançon, mais elle est morte avant d'avoir pu mener son plan à bien. Cette moitié de pièce… (Il la tendit au maire, qui l'examina attentivement.)… et tous les détails de l'enlèvement, consignés dans son journal, étaient cachés dans le grenier d'une maison de Genève et n'ont été découverts que récemment. Par conséquent, lorsque nous aurons retrouvé l'autre moitié de cette pièce en argent… nous connaîtrons le nouveau et véritable comte Karlstein !

Depuis une dizaine de secondes, Eliza se comportait fort bizarrement : elle se trémoussait et agitait la main dans son décolleté en poussant de petits couinements, comme si une guêpe s'était introduite sous sa robe. Les gens l'observaient d'un drôle d'air, mais leur perplexité se transforma en stupéfaction lorsqu'elle agita à bout de bras une chaîne en s'exclamant :

– La voici ! Il me l'a donnée ! Pas vrai, Maxie ? Je vous assure, monsieur le maire ! C'était à lui ! Mais il me l'a donnée comme gage de son amour pour moi ! Regardez !

Elle se précipita vers l'estrade, puis revint sur ses pas pour prendre Max par la main et l'entraîner avec elle.

– J’ai ça depuis que je suis tout petit ! dit Max. Ça veut dire que c’est moi le comte Karlstein ?

L’avocat se pencha pour prendre la chaîne dans la main tremblante d’Eliza. Le maire et lui levèrent la moitié de la pièce pour la comparer à l’autre. Il y eut un silence de deux ou trois secondes (c’est sacrément long !), puis le maire hocha la tête et l’avocat déclara :

– C’est bien la même pièce. Les deux moitiés correspondent ! C’est donc vous !

Que d’émotions ! Les chapeaux s’envolèrent de nouveau, Eliza se jeta au cou de Max et les applaudissements furent si bruyants que les oiseaux affolés quittèrent les arbres de la place en ajoutant leurs cris au tumulte général. Quant à Max, il ne savait pas quoi faire. Il se grattait la tête, il souriait, il rougissait, il raclait le sol avec ses pieds, il embrassait Eliza, il rougissait de plus belle, il rigolait, il sifflait, il faisait des clins d’œil à l’épouse du maire… et, quand le vacarme retomba, il dit :

– Tout ça à cause d’une assiette de saucisses... Merci beaucoup, monsieur l’avocat.

Il s’inclina devant Meister Haifisch, qui s’inclina à son tour, bien bas, et répondit :

– De rien, comte Karlstein. Je suis ravi de pouvoir vous rendre service.

– Comte Karlstein…, répéta lentement Max, car il avait encore du mal à y croire. Mais attendez voir… si je suis le comte Karlstein, ça veut pas dire que ces deux gamines sont mes parentes, façon de parler ?

– Assurément, dit Meister Haifisch, et il adressa un sourire aux deux fillettes.

Un rayon de soleil ! Quel changement sur ce vieux visage sévère et ridé !

– Dans ce cas, c'est simple, dit Max. Elles sont pas obligées d'aller dans un orphelinat. Elles peuvent vivre avec moi !

Folles de joie, Lucy et Charlotte se précipitèrent vers lui. Max leur tapota la tête, ne sachant pas trop comment un oncle devait se comporter avec ses nièces (mais il apprendrait vite), puis il se tourna vers la personne qui lui tenait la main.

– Et je peux épouser Eliza !

Pour le prouver, il l'embrassa.

Une fois de plus, tout aurait pu s'arrêter là. Le village aurait eu un nouveau lord et une nouvelle lady, adorables, honnêtes et aimés, et nous serions tous rentrés chez nous en nous réjouissant. Mais ce n'était pas encore terminé car, à cet instant, le docteur Cadaverezzi s'avança, chaînes aux poignets, et il s'inclina bien bas… devant Max, évidemment.

– Compte tenu de cette liesse générale, monsieur le comte, dit-il fort poliment, puis-je solliciter une amnistie ?

Ce fut Miss Davenport qui répondit. Elle était restée stupéfaite quelques instants, et sans voix, ce qui n'avait pas dû lui arriver souvent. Elle recula d'un pas, noua ses mains sur son cœur et bafouilla :

– Mais… mais… c'est… le *signor Rolipolio !*

Chapitre 3

C'était bien lui, en effet.

Et malgré Max qui soutenait que c'était le docteur Cadaverezzi, le sergent qui soutenait, au contraire, que c'était Luigi Brilliantini (en état d'arrestation, par-dessus le marché !), ce fut Miss Davenport qui eut le dernier mot :

– Pour moi, déclara-t-elle avec fermeté en foudroyant le sergent du regard, ce sera toujours Rolipolio.

– Voilà qui règle le problème, il me semble, sergent, dit le comte Max Karlstein. Si cet homme n'est pas Cadaverezzi et si c'est pas non plus Brilliantini, il ne peut pas avoir fait ce qu'il a fait, pas vrai ? Ça tombe sous le sens. Vous devez le relâcher.

– Comte Karlstein, dit le docteur Cadaverezzi, vous êtes trop aimable. Mais permettez-moi…

Il leva au-dessus de sa tête ses mains menottées et les secoua légèrement… les chaînes se détachèrent et tombèrent bruyamment sur le sol. Il salua, le public applaudit frénétiquement et le sergent demeura bouche bée.

– J’avais l’intention de m’échapper plus tard, avoua Cadaverezzi-Brilliantini-Rolipolio mais, à présent, ce n’est plus nécessaire. Miss Davenport ! dit-il en se tournant vers cette dame et en la saluant chapeau bas avant de lui prendre la main. Je vous cherche depuis de longues années, depuis que nos chemins se sont séparés, il y a fort longtemps. Et ma bonne fortune n’a d’égale que ma joie maintenant que je vous ai retrouvée !

Ils s’éloignèrent tous les deux, marchant tout près l’un de l’autre. Meister Haifisch se racla la gorge avec discrétion.

– Comte Karlstein, dit-il, il y a énormément de choses à régler…

Le moment est bien choisi pour conclure, me semble-t-il. Car toutes les choses qui arrivèrent par la suite furent des choses banales, simples et heureuses, comme des mariages. Le château eut droit à un grand nettoyage, de la cave au grenier, et je retrouvai mon travail. Au début, ce fut étrange d’avoir Max pour maître, et lui aussi trouva cela curieux ; plusieurs fois, il crut même qu’il n’y arriverait pas. Mais le bon sens, l’honnêteté et la bonne humeur vous aident à surmonter la plupart des épreuves, et Max possédait ces qualités en abondance. Quant à Eliza, la comtesse Karlstein, c’était, et c’est toujours, l’épouse idéale pour un grand lord.

Lucy et Charlotte retournèrent à l’école. Mais pas dans une école ordinaire, dans une certaine Académie universelle des Arts et des Sciences, à Gênes, dirigée par la signora Rolipolio, une dame très érudite dont le mari, le grand acteur Antonio Rolipolio, possède le plus beau théâtre d'Italie. De temps en temps, elles effectuaient des expéditions scientifiques aux pyramides, en Mésopotamie ou dans l'Hindoustan et elles insistaient pour m'emmener avec elles. Je peux vous dire que je les suivais avec la plus grande excitation. Elles passaient toutes leurs vacances au château des Karlstein et, au fil des ans, un petit miracle se produisit sans que personne ne le remarque : elles en vinrent à considérer ce lieu comme leur maison – cet endroit immense et sinistre, assombri par la cruauté, où avait résonné la peur.

Très vite, je dus m'occuper de nouveaux enfants, car Eliza et Max eurent une fille, puis deux fils, puis encore une fille ; et ce sont de sacrés garnements. J'ai épousé Wilhelm Bruchmann, un horloger, un grand artiste, et j'ai eu des enfants à mon tour. Le comte Karlstein est leur parrain.

Ce fut la signora Rolipolio qui eut l'idée d'écrire ce récit et elle me demanda de faire le plus gros du travail, mais il est vrai que j'avais sans doute été témoin de plus de choses que n'importe qui. Le sergent Haupiff est inspecteur maintenant. Pour faire plaisir au comte Karlstein, il a fouillé dans les archives de la police, ce qui nous a permis d'inclure dans ce récit le rapport concernant l'arrestation du docteur Cadaverezzi.

Il n'y a rien à ajouter. Néanmoins, les nuits d'hiver, quand la lune est haute dans le ciel et que les nuages la traversent comme une meute de loups affamés, on entend au loin le son assourdi d'un cor de chasse. Et le soir de la fête des Morts, toutes les portes des maisons sont verrouillées et, autour du feu, des villageois aux yeux écarquillés écoutent l'histoire du Prince des montagnes, le Chasseur des ténèbres, Zamiel le Démon.

TABLE DES MATIÈRES

PHILIP PULLMAN

L'AUTEUR

Philip Pullman est né en Angleterre, à Norwich, en 1946. Il a vécu durant son enfance en Australie et au Zimbabwe où il a effectué une partie de sa scolarité. Diplômé de l'université d'Oxford, il a longtemps enseigné dans cette ville où il vit toujours avec sa femme.

Il est, dès son plus jeune âge, passionné par les contes. Très vite, il veut devenir écrivain – terme qu'il juge cependant inapproprié. Philip Pullman adopte une position modeste par rapport à la création littéraire : pour lui, il ne fait qu'écrire des histoires. Derrière cette discrétion, se cache un homme de caractère. A travers ses personnages, on peut percevoir une vision positive de l'homme. Philip Pullman a construit une œuvre à son image, tout à la fois rigoureuse et fantaisiste, dynamique et originale.

La plupart des livres de Philip Pullman sont destinés à la jeunesse, mais il écrit aussi pour les adultes et signe, à l'intention des jeunes spectateurs, des adaptations théâtrales d'œuvres littéraires célèbres.

Il est l'auteur de la célèbre trilogie ***A la croisée des mondes***, publiée par Gallimard Jeunesse. Le troisième tome, *Le Miroir d'ambre*, a reçu le prix Whitbread 2001, l'une des deux plus prestigieuses récompenses anglaises, attribuée pour la première fois de l'histoire des prix littéraires à une œuvre de littérature de jeunesse.

Il a également publié aux éditions Gallimard Jeunesse : *J'étais un rat !*, *L'Épouvantail et son valet*, et la série des Sally Lochkart (Folio Junior) ; *La Magie de Lila* (Folio Cadet) ; *Lyra et les oiseaux* (Hors Série) ; *Aladin et la lampe merveilleuse* (Album illustré).

Mise en pages : Karine Benoit

Loi n°49-956 du 16 juillet 1949
sur les publications destinées à la jeunesse
ISBN 2-07-051041-7
Numéro d'édition : 131296
Numéro d'impression : 74123
Dépôt légal : juin 2005
Imprimé en France sur les presses de la Société Nouvelle Firmin-Didot